Das Herz der Alten Jungfer

Eigensinnige Bräute

Megan Bryce

Aus dem Amerikanischen
von Maike Stein

Das Herz der alten Jungfer

Aus der Reihe: Eigensinnige Bräute, Buch 1

Die Originalausgabe des Romans erschien 2012 unter dem Titel „To Catch A Spinster“.

Deutsche Erstveröffentlichung

Lektorat der deutschsprachigen Übersetzung: Corinna Wieja, www.indie-translations.com

Korrektorat der deutschsprachigen Übersetzung: Julia Funcke

ISBN-13: 978-1798060070

Für meinen Ehemann- weil er mein Leben, und meine Bücher, besser macht.

Und ein herzliches Dankeschön an Regina und Renate, die mir von der anderen Seite des Ozeans die Hand hielten.

Prolog

Als Miss Olivia Blakesley ihre jüngste Schwester vor dem Altar stehen sah, dachte sie: Jetzt ist es so weit. Du bist offiziell eine alte Jungfer.

So ganz stimmte das zwar nicht, aber im reifen Alter von siebenundzwanzig Jahren, mit zwei älteren und drei jüngeren Schwestern, alle bereits unter der Haube, stand sie nur knapp davor. Welcher Mann würde schon die Schwester wollen, die immer übergangen worden war? Wichtiger noch: Warum sollte sie einem Mann ihr Jawort geben, der sie zur Frau nehmen wollte?

Sie war sich sicher, dass sie niemals heiraten würde. Daher war es gut, dass sie ihre Studien und ihre Verpflichtungen hatte. Wenn sie die letzten acht Jahre lang ausschließlich auf einen möglichen Verehrer gewartet hätte, dann wäre sie ohne ihr Studium der Sterne oder die Hilfe, die sie ihrem Vater bei der Buchhaltung leistete, sicherlich verrückt geworden. Eigentlich keine schicklichen Beschäftigungen für eine junge Dame, aber ihr gefielen sie.

Ihre Mutter gab ebenjenen Beschäftigungen die Schuld daran, dass Olivia immer noch ledig war. Welche Frau stahl sich lieber aus dem Haus, um die Sterne zu malen, statt mit einem Galan zu flirten? Welche Frau, die zumindest vorgab, heiraten zu wollen, trug hochgeschlossene, altjüngferliche Kleider in gedämpften Farbtönen?

Olivia reichte ihrer Mutter, die schniefend neben ihr auf der Kirchenbank saß, ein sauberes Taschentuch.

„Danke, Olivia. Ich kann mich stets darauf verlassen, dass dein Taschentuch bei Hochzeiten trocken bleibt, nicht wahr? Ich verstehe nicht, wie du so gefühllos sein kannst."

„Ich bin nicht gefühllos, und du solltest dankbar dafür sein, dass ich nicht zu Tränen gerührt bin, denn so kannst du zwei Taschentücher durchtränken."

Olivias Vater zwinkerte ihr zu und tätschelte seiner Frau die Hand. „Diese Hochzeit kam ja nun wirklich nicht überraschend, meine Liebe."

Nein, Eugenia hatte geschworen, sie würde schneller unter die Haube kommen als ihre Schwester Prudence, die fast zwei Jahre nach dem richtigen Mann gesucht hatte. Eugenia hatte ihn schon nach zwei Monaten gefunden. Von den Blakesley-Schwestern konnte man wirklich nicht behaupten, sie wären nicht zielstrebig.

Olivia verfolgte ihre eigenen Ziele, und zum Leidwesen ihrer Mutter fand ein Ehemann keinen Platz darin. Trotzdem wollte sie nicht sterben, ohne die Liebe kennengelernt zu haben, ihren Schwestern unterlegen, da die etwas kannten, das sie noch nie hatte erleben dürfen.

Lust.

Sie wollte nicht die unerfahrene alte Jungfer sein, die ihre alternden Eltern bis zum Tod versorgte.

Nein, ihr wäre es lieber, sich als erfahrene alte Jungfer um ihre alternden Eltern zu kümmern.

Sie blickte auf das Kreuz, das über dem Kopf des Pfarrers hing. Himmelherrgott, was zog sie da in Erwägung? Dachte sie wirklich daran …

Nein. Das war eine Sünde. Und sie war in einer Kirche, um Himmels willen.

Doch wie ihr Vater so gerne sagte: Im Laufe des Lebens müssen manche Gebote gebrochen werden. In Notlagen. Für die Wissenschaft.

Du sollst nicht töten. In Notwehr durfte man dieses Gebot brechen.

Du sollst keine Götzenbilder verehren. Man könnte sagen, dass Olivia ihr in den Niederlanden gefertigtes Fernrohr verehrte. Selbstverständlich nur der Wissenschaft wegen.

Du sollst Vater und Mutter ehren. Darin war sie noch nie gut gewesen.

Du sollst keinen Ehebruch begehen …

Nun, sie würde keinen verheirateten Mann für diese Angelegenheit auswählen. Hier handelte es sich immerhin um einen Notfall im Dienste der Wissenschaft. Auf keinen Fall wollte sie als alte, unerfahrene Jungfer sterben.

Olivia blickte wieder zum Altar. Ihre wunderschöne Schwester in ihrem elfenbeinfarbenen, spitzenbesetzten Hochzeitskleid aus Satin strahlte den ihr frisch angetrauten Ehemann an, in dessen Miene sich offensichtliche Liebe und leichte Panik spiegelten. Das würde Olivia nie erleben. Sie würde sich niemals verlieben. Nie jemanden an ihrer Seite wissen, sich auf niemanden verlassen können – außer auf sich selbst.

Sie nickte. Und wennschon. Sie konnte zwar nicht alles

haben, aber doch zumindest einen Teil davon. Wenn sie schon keine Liebe erleben konnte, dann wenigstens die Lust. Sie würde sich einen Mann suchen, der sie im Begehren unterrichtete.

Eins

Nie hatte Mr Nathaniel Jenkins ein stärkeres Verlangen gespürt, sich in der Bowlenschüssel zu ertränken, als in diesem Moment. Die junge Frau vor ihm drohte, sein Gehirn in Brei zu verwandeln, und er fürchtete, es würde jeden Moment aus seinen Ohren tröpfeln.

„Und dann habe ich der Schneiderin gesagt, dass ich sechs Rüschen möchte. Drei auf dem Mieder und drei auf dem Saum."

Es würde ihm nicht einmal etwas ausmachen, wenn ihm ein wenig Gehirnbrei aus den Ohren tropfte, immerhin gäbe ihm das einen Vorwand, zu gehen. Er blickte zu seiner Mutter hinüber, die sich gar nicht erst bemühte, ihr Missfallen zu verbergen, und erkannte, dass er nicht einmal dadurch diesem Abend entfliehen könnte.

Nathaniel seufzte in sein Glas. Er brauchte etwas Stärkeres als Bowle.

Er trank einen kleinen Schluck und seufzte erneut. Was er wirklich brauchte, war eine Mutter, die ihn in Ruhe ließ.

Die Frau hatte bereits vier Enkel, genügte das nicht?

Ihrem Gesichtsausdruck nach zu urteilen, lautete die Antwort Nein.

„Ich musste fast das Doppelte bezahlen. Unglaublich." Die junge Frau spielte an einer Rüsche an ihrem Mieder und lächelte kokett. „Aber das war es wert, finden Sie nicht?"

In dem Kleid wirkte sie, als stecke sie in einer übergroßen Sahnetorte fest, aber Nathaniel nickte. „Sie sehen sehr … liebreizend aus."

Ihr nächster Tanzpartner kam, um ihn abzulösen, und Nathaniel leerte erleichtert sein Bowlenglas. Er hatte seine Pflicht getan, jetzt würde er vielleicht flüchten können.

Seine Mutter stellte sich an seine Seite. „Wirklich, Nathaniel. Du bist extrem unhöflich gewesen, du hast kaum ein Wort zu Miss Mayes gesagt."

„Ich bin ja kaum zu Wort gekommen, Mutter. Aber sie hat mir immerhin gestattet, ihr ein Kompliment zu machen."

„Hmpf. Kannst du nicht wenigstens versuchen, diese jungen Dinger zu mögen? Du brauchst eine Ehefrau, Nathaniel. Du bist jetzt das Familienoberhaupt, und du brauchst einen Erben."

„Ich habe einen. Dianas Sohn ist mein Erbe."

„Es spielt keine Rolle, wie sehr wir Matthew lieben, ein Neffe ist kein akzeptabler Erbe. Ich begreife nicht, wie du in dieser Sache so dickköpfig sein kannst."

Er kannte seine Pflichten. Heirate eine junge Frau aus einer angesehenen Familie und zeuge einen Erben. Aber er konnte sich nicht dazu überwinden, eine dieser hohlköpfigen, leuchtend bunt gekleideten Quasselstrippen zu heiraten. Sie sahen alle aus, als wären sie der

Kinderstube noch nicht entwachsen. Und eine von ihnen mit in sein Bett nehmen? Wenn er ihr nicht den Mund zukleben konnte, schien das unmöglich.

Vielleicht war er zu alt. Mit neununddreißig Jahren kamen ihm Achtzehnjährige so fremd vor wie ein Sonnentag im Februar.

Oder vielleicht war er auch zu jung. In zehn Jahren würde er womöglich jede Gelegenheit ergreifen, ein junges Küken mit Zöpfen zu heiraten. Im Moment jedoch verspürte er kein Verlangen danach.

Und wenn nur solche jungen Küken zur Wahl standen, würde er eben nicht heiraten.

„Mutter, wenn du wirklich willst, dass ich heirate, dann würde ich vorschlagen, dass du dich nach etwas älteren Frauen umschaust. Die stiller sind. Und nicht so … aufgeputzt."

„Du bist ein schlimmerer Ewiggestriger als dein Vater."

„Es ist heute angesagt, dass ein Erbe seinen Vater auf irgendeine Weise aussticht. Wie schön, zu wissen, dass mir das gelungen ist."

Sie schlug ihn mit ihrem Fächer leicht auf den Arm. „Vielleicht sollte ich deine Schwester bitten, sich ein wenig umzusehen."

Nathaniel stöhnte. „Diana kommt schon oft genug mit ihren arglosen Freundinnen vorbei."

„Ich bezweifle, dass ihre Freundinnen so arglos sind, wie du meinst. Du bist ein guter Fang, wenn ich das so sagen darf."

„Weil ein Mann das ja auch unbedingt aus dem Mund seiner Mutter hören möchte."

Sie nickte nachdrücklich. „Wahr ist es trotzdem. Du hast ein sicheres Vermögen, gute Beziehungen, und wenn auch keinen Titel, so doch Land."

„Ich fühle mich wie ein preisgekrönter Zuchthengst."

„Sei nicht so melodramatisch, mein Lieber. Selbst der einfachste Stallbursche findet eine Gemahlin. Da sollte dir das auch gelingen."

Sein Blick wanderte über die Gesellschaft. „Sieht aus, als hätte ein einfacher Stallbursche mehr Auswahl als ich."

Seine Mutter winkte ungnädig ab. „Hier sind so viele unterschiedliche Mädchen, wie es Fische im Ozean gibt."

„Sie scheinen mir alle von derselben Art zu sein, Mutter."

„Hmm. Nun, dann müssen wir nur eine finden, die ein wenig anders ist."

Nathaniel beobachtete, wie sie die jungen Frauen in ihrer Nähe musterte, und hielt ein sarkastisches Lachen zurück. „Da wünsche ich dir viel Glück. Ich bin solange in meinem Club."

Mrs Anne Jenkins lächelte ihren Sohn an und hakte sich bei ihm unter. „Ich bezweifle, dass du dort eine passende Braut findest. Außerdem hast du versprochen, mich heute Abend nach Hause zu bringen. Ich sehe dich ohnehin viel zu selten."

„Das hier wäre so viel einfacher, wenn du schlicht alles für mich arrangieren würdest."

„Das würde ich ja, mein Lieber, wenn du mich lassen würdest. Aber du stellst so viele Anforderungen an eine Ehefrau."

„Ich habe drei: nicht jung, nicht schwatzhaft, nicht herausgeputzt. Ich bin wirklich nicht unkooperativ."

Mrs Jenkins musterte das Meer von jungen, schwatzhaften, herausgeputzten jungen Damen und tätschelte ihm den Arm. „Also, ich bin sicher, ich finde eine

Gattin für dich.“ Sie stieß den Atem aus. „Hoffentlich.“

Olivia hatte seit ihrer Ankunft die Männer auf dem Ball eingehend gemustert. Seit der Hochzeit ihrer Schwester hatte sie an nichts anderes denken können als den perfekten Verführer. Groß, aber nicht zu groß. Gut aussehend, aber nicht teuflisch gut. Erfahren, aber kein Schwerenöter. Himmel, ganz entschieden kein Schwerenöter. Sie hatte einen Ruf zu bewahren. Wenn sie sich mit einem Casanova sehen ließe, wäre das eine Schande für sie und ihre Familie.

Außerdem war einer ihrer Schwäger ein bekehrter Schwerenöter. Womöglich wusste er mehr über die Kunst der Liebe als die anderen, aber ihre Schwester war immer besorgt, sie könnte ihn nicht, ähm … befriedigen.

Olivia hatte in ihren jüngeren Tagen an Türen gelauscht.

Auf diese Weise hatte sie sehr viel erfahren, und da niemand mit ihr über gewisse Dinge redete, war ihr keine andere Wahl geblieben.

Daher also kein Schwerenöter für sie. Sie wollte eine sanfte Einführung und nicht ins eiskalte Wasser geworfen werden.

Er würde ein ehrbarer Mann sein müssen, allerdings nicht zu ehrbar, da er sie verführen musste. Unverheiratet, das verstand sich von selbst. Und die wichtigste Eigenschaft, die er besitzen musste, war Verschwiegenheit. Er würde niemandem davon erzählen dürfen. Niemals.

Als sie damals ihre Anforderungen an einen Ehemann notiert hatte, war die Liste kürzer gewesen.

Es war wirklich kein Wunder, dass sie den Richtigen

bislang noch nicht gefunden hatte. Sie hatte acht Jahre lang nach einem Ehemann gesucht, und verglichen hiermit schien das ein Spaziergang gewesen zu sein.

Der einzige Gentleman, den sie nicht von vornherein ausgeschlossen hatte, stand in einer Ecke des Saals und wirkte, als wollte er am liebsten die Flucht ergreifen. Sie hatte sich ein paarmal mit seiner letzten Tanzpartnerin unterhalten und konnte ihm das nachfühlen. Das unglücklich ausgewählte Orange half dem Mädchen auch nicht.

Während Miss Mayes überdurchschnittlich lächerlich aussah, machte er einen einigermaßen vernünftigen Eindruck. Erwachsen. Gleichmütig angesichts aller Widrigkeiten.

Schweigsam.

Er schien nicht von der schwatzhaften Sorte zu sein.

Er war recht groß, aber im Liegen würde das keine Rolle spielen, vermutete sie. Seine dunkelbraunen Haare waren etwas länger, als die Mode es vorschrieb, doch da sie leicht gelockt waren, gefiel ihr das. Ihre Haare verweigerten jede Locke, selbst unter Einsatz einer Lockenzange.

Sein Körperbau war ansprechend. Stramme Beine, breite Schultern. So gesehen, sehr männlich.

Hmm.

Olivia lehnte sich zu ihrer jüngeren Schwester Mary. Sie war nicht nur ihre Lieblingsschwester, sie wusste auch immer die interessantesten Pikanterien zu allen und jedem.

„Weißt du, wer der Gentleman in der Ecke da ist?“

Diskret schaute Mary in die angegebene Richtung. „Mr Nathaniel Jenkins, der einzige Sohn von Mrs Anne Jenkins. Ihr Ehemann ist vor knapp zwei Jahren gestorben, und Mr

Jenkins hat noch immer keine Braut gewählt."

„Solange seine Mutter darauf besteht, dass er sich mit dümmlichen jungen Frauen mit zu vielen Volants unterhält, ist das kein Wunder. Ich würde ihm gerne vorgestellt werden."

„Olivia, wirklich!"

„Könntest du deinen Gatten holen, Mary?"

„Du bist ziemlich direkt."

Olivia nippte an ihrer Bowle. Ja, das war sie. Die Saison war fast vorbei und es würde ihre letzte sein – gleichgültig, was ihre Mutter dazu sagte.

„Die Zeit wird knapp", bemerkte Olivia.

„Oh, nun ja. Ich verstehe, was du meinst. Ich schaue nach ihm."

Olivia lächelte leicht. „Danke. Das wäre sehr hilfreich." Sie beobachtete, wie Mary sich den Weg zu Rufus bahnte, und dieses eine Mal beneidete Olivia eine ihrer Schwestern. Rufus mit seinem vorwitzigen Charme, dem ansteckenden Lachen und seiner sorglosen Art war ihr Lieblingsschwager. Er war selten ernst, spielte gern Streiche und war länger in Mary verliebt, als irgendwer zurückdenken konnte. Sie passten gut zueinander, aber schließlich hatten sie auch von Geburt an Tür an Tür gelebt. Mit achtzehn hatten sie geheiratet.

Wenn Olivia ihr Schicksal hätte wählen können, so wäre es dieses gewesen. Bester Freund und Liebhaber in einem.

Rufus sah Olivia überrascht an, dann zwinkerte er ihr zu.

Sie seufzte und schüttelte den Kopf. Selbstverständlich war ihr Rufus als Schwager lieber, denn sie geriete viel zu oft in Versuchung, ihm eine Ohrfeige zu geben, wenn er ihr

Ehemann wäre.

Nathaniel nickte, als Rufus Eliot ihm zuwinkte. Obwohl Eliot zu den Jüngeren gehörte, kannten sie sich durch den Club. Ein ganz netter Bursche, wenn es einem nichts ausmachte, die Zielscheibe von Witzen zu sein. Kurz fragte Nathaniel sich, ob er die bedauernswerte Frau in Rufus' Begleitung davor warnen sollte oder ob gar er zu Unterhaltungszwecken diente.

Eliot deutete auf die Frau. „Mr Jenkins, darf ich Ihnen meine Schwägerin Miss Blakesley vorstellen?"

„Miss Blakesley." Nathaniel konnte nicht anders, als die arme Miss Blakesley anzustarren. Noch nie war er einer Frau begegnet, auf die die Bezeichnung „alte Jungfer" besser zutraf. Vor ihm stand der Inbegriff eines Mauerblümchens. Ihre Haare waren in einem Dutt zurückgebunden und sie trug ein Kleid aus grässlich brauner Halbseide, das bis zum Hals zugeknöpft war. Sie wirkte, als wäre sie durchaus fähig, ihm für jede Ungehörigkeit den Hintern zu versohlen.

Sie bemerkte seinen Blick, und es kam ihm so vor, als würde sie über ihn und seine Betrachtung ihres Kleides schmunzeln. „Ich ziehe ja auch Orange vor, aber das ist heutzutage so schwer zu finden", sagte sie.

Nathaniel spähte nach rechts und erblickte sofort vier orangefarbene Kleider. „Ja, die Mode."

Ein leichtes Lächeln hob ihre Mundwinkel an. Sie ließ den Blick über seinen konventionellen Abendanzug schweifen. Nicht altbacken, aber auch nicht die neueste Mode. Nathaniel bevorzugte Kleidung, die länger als eine Saison tragbar blieb, vorzugsweise ein ganzes Jahrzehnt.

Miss Blakesley schien Kleidung zu bevorzugen, die nie modisch wurde. Das würde ihrem Gatten wenigstens Geld sparen. „Interessieren Sie sich zufällig für das Studium der Sterne, Jenkins?“, fragte Rufus Eliot. „Das ist Miss Blakesleys Leidenschaft.“

Sich seiner Pflichten bewusst, wandte Nathaniel sich an sie. „Es tut mir leid, das verneinen zu müssen. Was gefällt Ihnen so sehr an den Sternen, Miss Blakesley?“

„Ich kann sie in Ruhe studieren und sie tragen immer dasselbe Gewand. Haben Sie eine Leidenschaft, Mr Jenkins?“

„In letzter Zeit hatte ich keine Gelegenheit dazu, aber ich angele gern.“

Rufus Eliot lächelte. „Ein Mann vom Lande.“

Nathaniel nickte. „Ich ziehe das Land der Stadt vor. Dort gibt es mehr Fische.“

„Und besser riechende Flüsse“, meinte Miss Blakesley.

„Das erhöht das Vergnügen tatsächlich.“

Sie lachte. „Das stimmt. London ist furchtbar zur Beobachtung der Sterne. Zum Angeln muss es noch ungeeigneter sein.“

„Ich gestehe, die Aussicht, einen Tag am Ufer der Themse zu verbringen, lässt mich eher kalt.“ Nathaniel blickte ihr in die funkelnden Augen und fand sich gegen seinen Willen interessiert. „Beobachten Sie die Sterne auch in der Stadt, Miss Blakesley?“

Sie nickte. „Es ist hier zwar ein trostloses Unterfangen, aber ich bleibe bei meinen Gewohnheiten. Ich habe jede Menge Zeichnungen von Nebel.“

Er lächelte. „Finden Sie den Nebel ebenso faszinierend?“

„Nicht im Geringsten. Zu flüchtig für meinen

Geschmack.“ Sie neigte den Kopf. „Eigentlich so wie die Mode.“

Er musste lachen. Miss Blakesley lächelte ihn an, dann fiel ihr Blick hinter ihn, und sie seufzte. „Es war mir ein Vergnügen, Sie kennenzulernen, Mr Jenkins. Aber meine Mutter hat mich entdeckt und ich fürchte, wir sind vor ihr jetzt nicht mehr sicher. Sobald man ein gewisses Alter erreicht, wird man zum Lieblingsprojekt der eigenen Mutter.“

„Das Phänomen habe ich auch schon erlebt.“

„Ach tatsächlich? Dann haben Sie mein Mitgefühl, Mr Jenkins. Wenn Sie mich entschuldigen.“

„Sicherlich, Miss Blakesley. Eliot.“

Nathaniel beobachtete, wie sie schnell zum anderen Ende des Raums ging, und dachte, dass er nie eine merkwürdigere Frau getroffen hatte.

Mary wedelte mit ihrem Fächer. „Und?“

„Ich habe gerade mal zwei Sätze mit ihm gesprochen, dann hat Mutter uns bemerkt und ist auf uns zugekommen.“

„Und? Was hat er in diesen zwei Sätzen gesagt?“

„Er mag das Landleben und das Angeln. Aber für Sterne interessiert er sich nicht sonderlich.“

„Wer außer dir tut das schon? Wenn du das von einem Ehemann erwartest, dann wirst du ganz sicher als alte Jungfer sterben.“

Olivia schüttelte den Kopf. „Er muss meine Leidenschaften nicht teilen. Ich wollte einfach nur seinen Charakter beurteilen.“

Rufus nickte in Richtung Tür. „Scheint ihm nicht zu

gefallen, wenn man seinen Charakter beurteilt. Er geht."

„Vielleicht ist er ein pflichtbewusster Sohn und bringt seine Mutter nach Hause", entgegnete Mary. „Das ist Mrs Jenkins an seiner Seite."

Olivia spähte schnell zu Mr Jenkins, der gerade den Saal verließ. „Nun, meine zwei Sätze mit ihm haben mir nicht gerade viele Informationen geliefert. Es muss einen besseren Weg geben, etwas über einen Gentleman zu erfahren."

Mary lächelte wissend. „Vielleicht kann Rufus sich umhören. Schatz, kannst du herausfinden, ob Mr Jenkins ein passender Schwager wäre?"

Olivia runzelte die Stirn. „Sag so etwas Unbedachtes nicht vor Mama. Sie würde mir damit ewig in den Ohren liegen." Sie blickte zu Rufus. „Könntest du? Diskret."

Er zwinkerte ihr zu. „Überlass das getrost mir, Schwägerin."

„Ich bin verloren", sagte Olivia und begann mit einem Vortrag über Sternenkonstellationen, als ihre Mutter sich mit Hoffnung im Blick näherte.

Nathaniel half seiner Mutter in die Kutsche und wünschte sich, er könnte in seinen Club flüchten. Seine Mutter würde die letzten Stunden durchgehen wollen, Frau für Frau. Nicht zum ersten Mal wünschte er sich, ein weniger pflichtbewusster Sohn zu sein.

„Wer war die Frau, mit der du gesprochen hast, bevor wir gegangen sind?", fragte sie.

„Miss Blakesley. Ihr Schwager und ich gehören demselben Club an."

„Sie ist ein wenig älter, oder?"

„Ein wenig, obwohl noch unter dreißig, würde ich sagen. Sollte ich sie vorwarnen, dass du entschlossen bist, mich mit der nächstbesten Frau, die keine Zöpfe mehr trägt, zu verheiraten?“

„Ich würde denken, wenn sie auf die dreißig zugeht, sollte ich dich warnen. Ich bezweifle, dass meine Verzweiflung mit der ihren mithalten kann.“

Nathaniel stöhnte leise und verspürte für einen Augenblick Mitleid mit der armen Miss Blakesley. Wenn ihre Mutter seiner auch nur einen Hauch ähnlich war, musste sie wirklich der Verzweiflung nahe sein. Wenigstens lebte er nicht unter demselben Dach und konnte sich in Ruhe zurückziehen, weit weg von ihren durch Sorge ausgelösten Plänen.

Allerdings hatte Miss Blakesley keineswegs verzweifelt auf ihn gewirkt. Interessiert, sicherlich. Aber auch neugierig. Sie war nicht taktlos gewesen in ihrer Musterung, aber er hatte ihren eindringlichen Blick dennoch gespürt. Als heiratswürdiger Junggeselle wusste er, wie es war, abgeschätzt zu werden. Und sosehr ihm die Erfahrung missfiel, verstand er es doch. Welche Frau würde ihr Leben und ihre Liebe einem Mann widmen wollen, den sie nicht kannte?

Wie auch immer, Miss Blakesleys Musterung war anders gewesen. Endlich einmal hatte er sich nicht gefühlt, als würde er aufgrund seines Vermögens eingestuft, sondern als sei sie tatsächlich an ihm interessiert. Ihr Interesse hatte ihn beschämenderweise ein wenig erregt.

Obwohl er nicht wusste, warum ihn ausgerechnet eine Frau erregte, die ein fürchterliches braunes, bis zum Hals zugeknöpftes Kleid trug. Sie war definitiv keine gewöhnliche junge Dame.

Seine Mutter lächelte und schaute aus dem Fenster. „Sie schien nicht so geschwätzig wie die anderen. Mit ihr hast du immerhin ein Gespräch geführt."

Er nickte. „Übers Angeln an der Themse. Und das Zeichnen von Sternen in London."

Seine Mutter blinzelte. „Nun, das sind mal andere Themen als jene, die du gewohnt bist." Sie hielt inne. „Sie ist nicht jung und ganz sicher nicht herausgeputzt. Vielleicht haben wir doch noch eine andere Art Fisch entdeckt. Würdest du sie als geschwätzig bezeichnen?"

Nathaniel stöhnte und legte den Kopf zurück, während sich seine Mutter fragte, wer diese Miss Blakesley war.

Zwei

Miss Olivia Blakesley hatte sich entschieden. Nach ein paar schlaflosen Nächten und einem kleinen Schluck vom Brandy ihres Vaters. Grässliches Zeugs.

Rufus' hatte Erkundigungen eingeholt und daraufhin Mr Jenkins ein gutes Zeugnis ausgestellt. Sie würde einem Fremden nicht das Damoklesschwert in die Hand geben, das den Ruin ihrer Familie bedeuten könnte, bevor sie sich nicht absolut sicher war, dass er es nicht einsetzen würde. Mit Gewissheit konnte sie es zwar nicht sagen, aber es schien, als wäre er vertrauenswürdig.

Natürlich hatte Mary ihren Schwestern von ihrem Interesse erzählt. Und jetzt summten sie ihr ständig den Hochzeitsmarsch vor, sobald ihre Mutter außer Hörweite war.

Olivia lag nichts ferner, als ihren Schwestern ihre wirklichen Pläne mit Mr Nathaniel Jenkins zu offenbaren.

Sie würde ihn verführen. Besser gesagt, ihn dazu bringen, sie zu verführen. Sie war sich nicht klar, wie sie dabei vorgehen sollte, da ihre ganze bisherige Erziehung darauf abzielte, sich nicht verführen zu lassen. Und man hatte sie gelehrt, dass das keine leichte Aufgabe sei, da Männer offenbar nicht in der Lage waren, ihre niederen Instinkte zu kontrollieren.

Aber Olivia war noch nie belästigt worden. Nicht ein einziges Mal.

Kein Verehrer hatte jemals mit ihr in einer dunklen Ecke geschäkert, ihr einen Spaziergang in einem verlassenen Garten angeboten oder eine zufällige Begegnung ausgenutzt.

Allmählich hielt sie die Behauptungen über die Lüsternheit der männlichen Spezies für reichlich übertrieben. Vielleicht hätte sie sich doch einen Casanova aussuchen sollen. Nun ja.

Wenn alles versagte, konnte sie immer noch ihre Ansprüche herunterschrauben.

Sie entdeckte Mr Jenkins auf der Tanzfläche, wo er eine weitere entschieden zu junge Frau in einem dekadenten Walzer herumwirbelte. Der Ball der Familie Donner war ein voller Erfolg, trotz einiger missbilligender Blicke angesichts der Tanzauswahl.

Im Saal drängten sich die Gäste, aber Olivia hoffte, das zu ihrem Vorteil nutzen zu können. Im Verlauf des Abends wollte sie Mr Jenkins abpassen und ihm ihren Vorschlag unterbreiten.

In einem Anfall plötzlicher Nervosität strich sie sich über den Rock. Wenn sie sich irrte, was seinen Charakter betraf, würde sie morgen eine ruinierte alte Jungfer sein.

Der Vorteil dabei: Vermutlich war es leichter, sich einen Casanova einzufangen, wenn ihr Ruf erst ruiniert war.

Der Nachteil: Wahrscheinlich würde sie zum Gespött

der Gesellschaft werden. Oh, wäre das nicht großartig?

Nun, dagegen konnte man nichts tun. Alles, was sie verlieren konnte, war ihr Ruf. Ihr Respekt vor sich selbst. Das Vertrauen ihrer Familie.

Lieber Gott, ich bin ein Wildfang, dachte sie und brachte sich in Stellung für eine zufällige Begegnung.

Nathaniel wusste nicht, was schlimmer war, dem gedankenlosen Geplauder eines Kindes zu lauschen oder pausenlos angestarrt zu werden. Mit gedankenlosem Geschwätz hatte er zumindest Erfahrung.

Und sie machte ihm nicht einmal schöne Augen! Miss Blakesley starrte einfach nur. Kein schüchternes Lächeln, kein albernes Herumgewedele mit dem Fächer, keine flatternden Augenlider. Sie beobachtete ihn – musterte ihn, so fühlte es sich an.

Er fragte sich, ob sie etwas an ihm auszusetzen hatte. Hatte er etwas auf der Nase? Saß seine Krawatte schief? Sicherlich wäre seine Mutter dann schon längst herbeigestürmt, um sich selbst vor der Peinlichkeit zu bewahren.

Er entschuldigte sich bei seiner Tanzpartnerin, dankbar dafür, dass an diesem Abend ausreichend Männer als Tanzpartner zur Verfügung standen. Er hatte seine Pflicht getan, seine Mutter konnte ihm nichts vorwerfen. Obwohl sie das trotzdem tun würde, wenn er ihr keine neue Braut präsentierte. Vielleicht würde er die Flucht ergreifen und es seiner Schwester und seinem Schwager überlassen, sie nach Hause zu bringen.

„Mr Jenkins? Verzeihung, dass ich einfach so Ihre Grübeleien unterbreche.“

Er drehte sich um und da stand Miss Blakesley und durchbohrte ihn mit ihrem Blick.

„Miss Blakesley, entschuldigen Sie bitte. In der Menge habe ich Sie gar nicht gesehen.“

Sie lächelte leicht. „Ich muss mich entschuldigen. Sie machten den Eindruck, als wollten Sie gehen, und es gibt da etwas … etwas, das ich mit Ihnen besprechen möchte.“

Er nickte und schaute zu ihr hinunter. Aus der Nähe sah sie hübscher aus als in seiner Erinnerung – auf eine ernste, gelehrte Art. Aus der Ferne wirkte sie bereit, es mit der gesamten Welt aufzunehmen. Doch obwohl ihre Persönlichkeit sie größer erscheinen ließ, überragte er sie. Ihr Körper war zierlich gebaut und ihre scharfsichtigen Augen waren von einem hellen Blau.

„Sollen wir tanzen, Miss Blakesley?“

Sehnsüchtig blickte sie zur Tanzfläche, dann riss sie sich sichtbar zusammen. „Das würde mir gefallen, Mr Jenkins. Doch das, was ich mit Ihnen besprechen möchte, ist privater Natur.“

Privater Natur? Wollte dieses Mädchen ihm eine Falle stellen? Wenn sie zusammen in einer kompromittierenden Lage gesehen wurden, würde das einen Antrag beschleunigen.

„Ich fürchte, hier gibt es nicht viel Privatsphäre“, sagte er. „Ein Walzer könnte dem am nächsten kommen.“

„Ein Walzer? Ja, das könnte gehen. Wollen wir?“

Nathaniel bot ihr lächelnd seinen Arm. „Ich danke Ihnen.“

Miss Blakesley errötete, als sie ihre Hand auf seinen Arm legte. Was führte sie im Schilde? Keine wohlerzogene Dame hatte ihm jemals zuvor bei einem Ball aufgelauert oder ihn um ein privates Gespräch gebeten.

Oder ihn mit eisblauen Augen so durchdringend angestarrt, dass er sich wie ein offenes Buch gefühlt hatte.

Er wirbelte mit ihr einmal rund um die Tanzfläche, spürte ihr Korsett unter ihrem Kleid.

„Worüber wollten Sie mit mir sprechen?", fragte er.

Miss Blakesley räusperte sich und blickte über seine Schulter. „Zuerst möchte ich Ihnen versichern, dass ich es ganz und gar ernst meine. Ich kann nur vermuten, was Sie denken werden, aber ich … Ich möchte, dass Sie mich verführen."

Nathaniel vergaß einen Schritt und stolperte über ihre Füße. Wieder errötete sie. „Vielleicht war ein Walzer doch keine gute Idee."

Er schwieg und dachte über eine angemessene Antwort nach. Hatte sie ihn wirklich gerade gebeten, sie zu verführen?

Ihre Wangen glühten, und er stellte fest, dass sie es tatsächlich ernst meinte.

„Sind Sie vollkommen verrückt?"

Sie schaute ihn kurz an, dann starrte sie wieder über seine Schulter hinweg. „Nein. Ich bin unerfahren, und das möchte ich ändern. Ich hatte gehofft, Sie könnten mir damit helfen."

„Ich wage kaum zu fragen, warum Sie ausgerechnet mich unter all Ihren Bekannten dafür ausgesucht haben, Ihnen Ihre Unerfahrenheit zu nehmen."

„Sie sind kein Draufgänger."

„Nicht?"

„Nein. Nach acht Saisons erkenne ich den Typ."

Er konnte sich nicht davon abhalten, die Augenbrauen hochzuziehen, als sie so freimütig von acht Saisons redete. Er wusste nicht, wie alt seine Mutter war, und seine

Schwester verschwieg ihr Alter ebenfalls.

„Miss Blakesley, das ist absurd. Selbst wenn ich ein Draufgänger wäre, könnte ich Ihnen nicht … helfen.“

Der Walzer endete und Nathaniel führte sie von der Tanzfläche.

Sie packte seinen Arm. „Unterrichten Sie mich im Akt der Verführung, Mr Jenkins.“

Er führte sie zu einer glücklicherweise verlassenen Sitzecke im Saal und drängte sie recht abrupt auf einen Sessel.

„Ich denke, Sie wissen nicht, worum Sie mich da bitten“, sagte er und setzte sich auf einen anderen Sessel, so weit wie möglich von ihr entfernt, ohne das Gespräch unmöglich zu machen.

„Ich versichere Ihnen, das weiß ich. Aber mein Wissen stammt aus zweiter Hand. Ich möchte es gern persönlich erfahren.“

Nathaniel murmelte ein Schimpfwort, das nicht für empfindliche Ohren bestimmt war, und schlug die Beine übereinander. Gütiger Gott, er war erregt! Schon allein beim Gespräch über das Thema geriet er in Versuchung, Miss Blakesley von ihrem Sessel zu reißen und sie bis zur Besinnungslosigkeit zu küssen.

Sie wollte, dass er sie verführte!

Wie weit war es nur mit dieser Welt gekommen?

„Miss Blakesley, das ist höchst ungewöhnlich und zutiefst unmoralisch. Ich muss Ihnen raten, es wie jede andere Frau zu halten und sich einen Ehemann zu suchen. Sie sind eine wohlerzogene Dame mit einem guten Ruf.“

„Und ich bin siebenundzwanzig. Viel zu alt, um mir ‚einen Ehemann zu suchen‘.“

„So alt sind Sie gar nicht. Ich hätte Sie nicht einen Tag

älter als fünfundzwanzig geschätzt."

Eine ihrer elegant geschwungenen Augenbrauen hob sich zynisch. „Gut. Würden Sie mich heiraten?"

Nathaniel rutschte auf seinem Sessel nach hinten. „Ich? Miss Blakesley …"

„Eben. Ich bin zu alt und zu festgefahren in meinen Gewohnheiten, ich bin zu sehr an etliche Freiheiten gewöhnt …"

„Amen", murmelte Nathaniel.

„… um eine gute Ehefrau abzugeben. Und ich bezweifle, dass ich Vergnügen an einem Ehemann finden würde. Ein Liebhaber hingegen, daran würde ich Gefallen finden." Sie musterte ihn von den glänzenden Stiefeln über die Hosenbeine, die sich an seine Schenkel schmiegten, bis zu den Händen, die er im Schoß verschränkt hielt. „An Ihnen würde ich Gefallen finden."

Nathaniel räusperte sich. „Miss Blakesley, ich kann immer noch nicht glauben, dass Sie verstehen, worum Sie mich da bitten, sonst würden Sie keinen Mann fragen, der Ihnen so gut wie unbekannt ist."

„Es wäre jedoch vollkommen akzeptabel, Sie nach so kurzer Bekanntschaft zu heiraten. Ich sehe da keinen Unterschied."

Was für eine Logik. Wenn sie den Unterschied zwischen einer Heirat und ihrem Vorschlag nicht begriff, dann bestand keine Chance, dass er es ihr erklären könnte.

„Ich bin gewillt, Sie zu bezahlen", sagte sie.

Ihm stand der Mund offen. „Wie bitte?"

„Ich habe Zugriff auf das Geld, das für meine Aussteuer bestimmt ist. Ich bin nicht bereit, alles davon auszugeben, da Sie mich nicht heiraten werden, aber ich kann zahlen, was Sie für angemessen halten."

Nathaniel spürte, wie er rot im Gesicht wurde. „Sie wollen mich bezahlen? Ich bin keine verdammte Prostituierte!“

Miss Blakesley blinzelte, dann hüstelte sie. „Das habe ich auch nicht angenommen. Männliche Prostitution? Würde ich Sie dann einen Gentleman der Nacht nennen?“

Sie lachte leise, und der melodische Klang ließ ihn erschauern.

„Sie gehören ins Irrenhaus“, sagte er.

Wieder lachte sie. „Ich wollte Sie nicht der Prostitution bezichtigen. Ich möchte, dass Sie mich verführen, mich umwerben, nicht nur … Sie wissen schon.“

„Sie wollen mich dafür bezahlen, dass ich Sie umwerbe?“

„Ja. Das ist meine einzige Möglichkeit und ich möchte gern jeden Aspekt davon kennenlernen. Ich möchte erfahren, wie es ist, wenn man mir den Hof macht. Sie könnten mich besuchen, mit mir tanzen, mich in die Oper begleiten. Meine Schwestern sind nie glücklicher gewesen als in der Zeit, in der sie umworben wurden. Das möchte ich auch erleben.“

„Und dann, nachdem ich Sie umworben und für mich gewonnen habe, soll ich Sie verführen und Sie in den Augen der Gesellschaft sitzen lassen, weil wir uns danach nie wieder begegnen werden.“

Miss Blakesley neigte den Kopf. „Ich weiß, das wird etwas Aufruhr verursachen, aber ich werde alle Schuld auf mich nehmen. Ich muss niemanden beeindrucken, während Sie sich eines Tages eine Ehefrau nehmen müssen.“ Sie beugte sich mit einem ernsten Gesichtsausdruck vor. „Ich würde eine etwas ältere Dame empfehlen. Nicht zu alt, aber auch keine Debütantin. Sie scheinen anspruchsvollere

Gespräche zu bevorzugen, als solche jungen Mädchen sie Ihnen bieten können. Nur so ein Gedanke."

„Danke für den Rat, Miss Blakesley."

„Gern geschehen. Also, wo waren wir stehen geblieben?"

„Sie waren dabei, mich in einen Schwerenöter zu verwandeln."

„Das war ich nicht!"

„So klingt das aber für mich", sagte Nathaniel. „Ich mache Ihnen den Hof, sorge dafür, dass Sie sich in mich verlieben, nehme Ihnen Ihre Unschuld und verlasse Sie. Das entspricht genau meiner Definition eines Schwerenöters. Vielleicht sollten Sie sich einen Mann suchen, der damit mehr Erfahrung hat als ich."

Sie starrte ihn mit konsterniert gerunzelter Stirn an. „Aber ich will gerade keinen Lüstling. Ich muss an meinen Ruf denken, und ich möchte nicht, dass meine Familie auch nur vom geringsten Hauch eines Skandals befleckt wird. Bei Ihnen würde niemand vermuten, dass Sie mich kompromittiert hätten."

„Ich wage nicht zu fragen, was Sie damit meinen."

„Nun … ich meine … Sie wirken eher … Oh, Himmel. Ich wollte auf keinen Fall Ihre Männlichkeit infrage stellen."

Nathaniel lachte schallend. „Mir war nicht bewusst, dass Sie meine Männlichkeit anzweifeln."

„Ich meine nur, Sie haben auch einen Ruf zu bewahren. Sie lassen sich nie von der Leidenschaft mitreißen. Sie trinken und spielen nicht übermäßig, und Sie sind sehr diskret, was Ihre … Mätressen betrifft."

Verwundert schaute er sie an. Wo diese Frau ihre Ideen und Informationen herbekam, wusste er nicht, aber sie musste die am besten unterrichtete Frau der Gesellschaft sein.

Miss Blakesley lächelte ihn leicht an. „Ich habe fünf Schwäger, Mr Jenkins. Ihnen kann ich zumeist alles entlocken, was ich wissen will.“

„Und ich vermute, Sie haben deren Segen für diesen verrückten Plan?“

„Sie stimmen alle darin überein, dass Sie einen hervorragenden Ehemann abgeben würden, daher muss ich annehmen, dass Sie ebenfalls ein hervorragender Verführer sind.“

Nathaniel fuhr sich über die Stirn, ihre im Kreis führende Argumentation würde ihn auch noch ins Irrenhaus bringen.

„Miss Blakesley, zwar muss ich zugeben, dass Ihr Vorschlag mich reizt, aber ich muss dennoch ablehnen. Meine Ehre erlaubt mir nicht, Sie auf diese Weise zu kompromittieren.“

Ihre Schultern sackten ein wenig ab, aber sie fing sich schnell wieder. „Natürlich. Ich verstehe, MrJenkins. Ihre Weigerung gibt mir recht, was Ihren Charakter angeht.“ Sie lächelte trocken. „Ich werde jemanden mit weniger Anstand finden müssen. Könnten Sie einen Gentleman aus Ihrer Bekanntschaft empfehlen?“

Er stand abrupt auf. „Sicher nicht. Diese ganze Sache ist eine lächerliche Idee. Suchen Sie sich einen Ehemann.“

Auch Miss Blakesley erhob sich. „Wie ich Ihnen schon sagte, das ist unmöglich. Ich habe einige sehr schlechte Angewohnheiten und ich möchte keinen Ehemann.“

Er ging einen Schritt auf sie zu, ignorierte ihre traurigen Augen und die vorwitzige Nase. „Ich fürchte, Miss Blakesley, Sie müssen sich ohne meine Hilfe ruinieren lassen."

Sie blickte auf seine Lippen und flüsterte: „Das ist sehr schade, Mr Jenkins."

Eindringlich betrachtete er diese Frau, die ihn in den Wahnsinn trieb, dann wandte er sich abrupt ab. Je schneller er von ihr wegkam, desto besser.

Seine intakte Ehre schien ihm im Vergleich zu dem Angebot, das er ihr abgeschlagen hatte, ein kläglicher Trostpreis zu sein.

Drei

Eine Woche später saß Nathaniel ungeduldig in seiner Kutsche, die ihn zu den Hamiltons fahren sollte. Bei der Vorbereitung auf diesen Ball hatte er mehr Aufregung empfunden als seit langer Zeit. Vielleicht war er auch aufgeregter als jemals zuvor, da er ein eher durchschnittlicher Tänzer war und die Gespräche der Damen sich immer um Mode drehten. Aber jetzt gab es Miss Blakesley. Er hatte keinerlei Vorstellung, welch skandalöse Gespräche sie dieses Mal anzetteln würde, während sie bis zum Hals zugeknöpft war. Doch er hegte keinen Zweifel daran, dass es amüsant werden würde. Und faszinierend. Und erregend.

Seit der letzten Woche hatte er kaum an etwas anderes als an sie gedacht, war ihr Gespräch immer wieder durchgegangen. Kein Wunder. Nie zuvor hatte eine Frau ihn darum gebeten, sie zu verführen und danach sitzen zu lassen. Er konnte ganz aufrichtig sagen, dass sie nicht verrückt wirkte. Oder raffiniert. Oder auch nur leidenschaftlich. Und doch war sie all das.

Sie sah aus wie ein gelehrtes Mauerblümchen, aber hinter dieser Fassade lag so viel mehr. Er freute sich darauf, an diesem Abend wieder von ihr schockiert zu werden.

Natürlich hatte er nicht vor, auf ihr Angebot einzugehen. Diese Verrücktheit würde er ihr ausreden, sollte sie darauf beharren. Aber es schien, als könnte er nicht aufhören, darüber oder über sie nachzudenken.

Seine Mutter unterbrach seine Grübeleien. „Du wirkst heute so erwartungsvoll, Nathaniel."

Sofort ließ er den Vorhang los und lehnte sich auf dem Sitz zurück. „Vielleicht habe ich mich mit der Notwendigkeit dieser gesellschaftlichen Verpflichtungen abgefunden."

„Mmm. Wie heißt sie?"

Nathaniel grinste seine Mutter an, die sich mit schockiertem Gesichtsausdruck zurücklehnte. Er lachte. „Ach, komm schon, Mutter. Bin ich wirklich so ein Scheusal, dass dich ein Grinsen von mir so sehr überrascht?"

Sie riss sich zusammen. „Natürlich nicht. Aber du musst zugeben, dass das ein ziemlicher Gegensatz zu letzter Woche ist, als ich dich fast zum Ball zerren musste."

Er nickte. „Ich habe nachgedacht und festgestellt, dass ich mich letzte Woche sehr amüsiert habe. Und ich habe die Absicht, das wieder zu tun." Er durchbohrte sie mit seinem Blick. „Aber zieh keine voreiligen Schlüsse, wenn ich mich mal länger mit einer jungen Dame unterhalte."

Seine Mutter öffnete ihren Fächer und wedelte müßig damit herum. „Du könntest Schlimmeres tun, als jemanden zu finden, der dein Interesse erregt, Nathaniel."

Das stimmte. Er bezweifelte jedoch, dass die Dame die Zustimmung seiner Mutter finden würde, wenn sie wüsste, warum sie ihn erregte.

Als könnte sie seine Gedanken lesen, fuhr sie fort: „Wenn es Miss Blakesley ist, so ist das eine gute Partie, denke ich. Sie scheint mir eine ganz außergewöhnliche Person zu sein."

„Ja, sie ist faszinierend."

„Und wirklich, mein Lieber, gib nicht zu viel auf das Alter. Es stimmt, sie ist keine Debütantin mehr, aber sie ist immer noch jung genug. Sie stammt aus einer guten, anständigen, achtbaren Familie."

Nathaniel schnaubte. Was Miss Blakesley im Schilde führte, war bestimmt weder gut noch anständig oder achtbar.

Olivia schaute sich wenig begeistert in dem überfüllten Ballsaal um. Seit Mr Jenkins sie kurzerhand zurückgewiesen hatte, konnte sie sich für ihr Vorhaben kaum noch erwärmen.

Auch das Wissen, dass er recht hatte, half nicht – es war eine tollkühne Idee. Und ihre Chancen auf Erfolg sanken mit jedem Tag. Sie musste einen guten, anständigen Mann finden und ihn bitten, moralisch verwerflich zu handeln.

Reine Tollkühnheit.

Sie hatte nicht wirklich geglaubt, dass er sie zurückweisen würde. Welcher Mann konnte schon seinen niederen Gelüsten widerstehen, wenn sich ihm eine unberührte Blume auf dem Silbertablett darbot?

Offenbar war das leicht, wenn sie diese unberührte Blume war.

Wie es aussah, würde sie sich doch noch einen Schwerenöter suchen müssen, noch dazu einen, der keine großen Erwartungen hatte.

Das Ganze entwickelte sich zu einer trostlosen Angelegenheit.

Olivia versteifte sich, als Mr Jenkins den Ballsaal betrat. Sie musste ihn nicht einmal sehen, um sich seiner Anwesenheit bewusst zu sein. Sie zwang sich ein Lächeln aufs Gesicht und wandte sich ihrer Schwester zu, bereits eine witzige Bemerkung auf der Zunge und hoffend, dass er sie für den heutigen Abend einfach nicht beachten würde.

Mary stieß sie leicht an. „Oh, schau nur, wer da gerade angekommen ist. Er sieht herüber."

„Tut er nicht."

„Doch. Und seine Mutter starrt dich an."

Errötend drehte sich Olivia um und bemerkte, wie die beiden sie beobachteten. Mr Jenkins nickte; er wirkte geradezu froh, da zu sein. Wie schön für ihn.

Seine Mutter musterte sie fasziniert. Noch schlimmer.

Olivia konnte sich zwar nicht vorstellen, dass er seiner Mutter etwas von ihrem Gespräch erzählt hatte, aber er verhielt sich nicht gerade unauffällig.

Mary flüsterte, verborgen hinter ihrem Fächer: „Er sieht fast schon verliebt aus, Livvy. Worüber habt ihr euch letzte Woche unterhalten?"

Olivia hoffte, nicht wieder zu erröten. „Über nichts Besonderes. Aber ich habe nicht über Mode gesprochen. Vielleicht ist er nie zuvor auf eine Frau getroffen, die einen Volant nicht von einer Rüsche unterscheiden kann."

Mary schnaubte. „Sicher nicht, und deswegen kommt er sicherlich auch nicht gerade zu uns herüber."

Olivia holte schnell Luft, ignorierte ihr rasendes Herz.

Hoffentlich kam er nicht her, weil er ihr eine erneute Abfuhr erteilen wollte.

„Mrs Eliot. Miss Blakesley. Hätten Sie noch einen Walzer für mich frei?“

Olivia ignorierte Marys breites Grinsen. Sie hätte auch Nathaniel Jenkins und sein unverhofftes Tanzangebot ignoriert, wenn das möglich gewesen wäre. „Doch, ja, ich danke Ihnen.“

Er verbeugte sich leicht und ging. Mary wedelte heftig mit ihrem Fächer und trällerte: „Olivia hat einen Verehrer.“

Als Mr Jenkins sie zum Tanzen holte, war sie bereit. Sie würde nicht wieder rot werden. Himmel noch mal, sie hatte ihm ein eindeutiges Angebot gemacht, da würde sie ja wohl mit ihm tanzen können, ohne dabei kirschrot anzulaufen.

Die Musik setzte ein, die Paare folgten dem Rhythmus, und er sagte: „Ich hoffe, Sie haben Ihre wirklich tollkühne Idee fallen lassen, Miss Blakesley.“

So viel also dazu, das Thema sanft anzuschneiden. Sie musterte ihn kühl. „Natürlich nicht. Ein Kind, das laufen lernt, gibt ja auch nicht nach dem ersten Sturz auf.“

„Sie müssen zugeben, dies ist ein wenig verwegener, als laufen zu lernen, und ganz sicher eine ernstere Angelegenheit.“

„Die Prinzipien bleiben die gleichen, ganz egal, um welche Aufgabe es sich handelt, Mr Jenkins.“

Seine Augen blitzten auf und er zog sie für eine Drehung näher an sich. „Also gut. Verraten Sie mir, wen Sie in Betracht ziehen.“

Olivia rümpfte die Nase. „Warum?“

„Weil ich mich ausgezeichnet darauf verstehe, den Charakter eines Mannes zu beurteilen. Und wen könnten

Sie sonst in dieser Angelegenheit um Rat bitten?“

Olivia dachte darüber nach. Es wäre gut, eine zweite Meinung einzuholen. Und er würde mehr über die dunklen Seiten eines Gentlemans gehört haben als sie. Ihre Schwäger zogen sie bereits andauernd wegen Mr Jenkins auf, da wagte sie nicht, noch einmal zu ihnen zu gehen.

„Also gut. Mr James Woolthy.“

„Jimmy? Der ist zu dick. Er hat nicht das nötige Durchhaltevermögen für die Aktivitäten, die Sie im Sinn haben.“

Olivia biss sich auf die Zunge und funkelte ihn an. Er wirkte entschieden zu fröhlich.

„Mr Marcus Matthews. Der ist ganz und gar nicht dick.“

„Nein, aber er ist zu jung. Er wird nicht genügend Erfahrung haben, um dieses Unternehmen lohnend zu machen.“

„Mr Simon Rawling.“

„Der liebt die Flasche zu sehr. Wahrscheinlich hätte er Schwierigkeiten, Ihre Erwartungen zu befriedigen.“

Darüber grübelte Olivia einen Moment nach. Mr Jenkins beobachtete sie, griff ihre Taille fester.

„Dann fürchte ich, meine Auswahl ist sehr beschränkt“, sagte sie. „Es sieht so aus, als bliebe da nur noch Mr Damien St. Martins, der jüngste Sohn von Lord Waverley.“

Mr Jenkins stolperte über die eigenen Füße. „Miss Blakesley! Das ist ein Schwerenöter der übelsten Sorte. Diesen Skandal wird Ihr Ruf nicht überstehen.“

„Wissen Sie einen Besseren?“

Er starrte über ihre Schulter hinweg und seufzte. „Ich vermute, da muss ich mich wohl doch opfern.“

Olivia schmollte. „Machen Sie sich keine Umstände, wenn es zu viel der Mühe ist, Sir.“

Er musterte sie. „Habe ich nicht genug Begeisterung gezeigt, Miss Blakesley?"

„Nein, haben Sie nicht. Und wenn ich mich für Sie entscheide, hätte ich gern eine Versicherung, dass Sie sich in Zukunft mehr anstrengen."

Mr Jenkins unterdrückte ein Lachen. „Natürlich, Miss Blakesley. Das war sehr gedankenlos von mir. Wie kann ich Ihnen meine Begeisterung zeigen? Soll ich Sie zu einem Spaziergang im Garten einladen?"

„Machen Sie sich über mich lustig, Mr Jenkins?"

„Natürlich nicht, Miss Blakesley. Ich habe mich nur gefragt, ob Sie die Ware begutachten möchten, bevor Sie sich entscheiden."

Das war ganz sicher als Scherz gemeint, aber Olivia hielt es dennoch für einen vernünftigen Vorschlag. Was, wenn sie nicht zueinanderpassten?

So sagte sie: „Vielleicht wäre ein wenig frische Luft tatsächlich gut, vielen Dank."

Mr Jenkins schüttelte verblüfft den Kopf. „Erinnern Sie mich daran, keine unpassenden Vorschläge mehr zu machen. Sie scheinen sich zu leicht davon begeistern zu lassen."

Olivia wich seinem Blick aus. Er würde sie entweder verführen oder nicht, und auch wenn es keine anderen Verehrer für sie gab, würde sie sich nicht der Verzweiflung hingeben. Sie hätte schon lange heiraten können, wenn sie sich mit irgendwem zufriedengegeben hätte.

Der Walzer endete, und Olivia schaute Mr Jenkins an.

Er räusperte sich. „Also gut. Wollen wir einen Spaziergang machen, Miss Blakesley?"

„Danke, es ist sehr warm hier drinnen."

Mr Jenkins begleitete sie auf die Terrasse, auf der leider

bereits zwei ältere Damen saßen und ein anderes Pärchen im Auge behielten. Er führte sie auf die andere Seite, weg von neugierigen Ohren, wenn auch nicht von neugierigen Blicken.

„Unter der Beobachtung dieser beiden Matronen wage ich nicht, Sie in den Garten zu führen“, sagte er.

Olivia seufzte leise. „Das verstehe ich, Mr Jenkins. Und ich weiß Ihre Besorgnis um meinen Ruf zu schätzen.“

Er umfasste eine ihrer Hände mit seinen und rieb sanft mit dem Daumen darüber. „Ich würde Sie allerdings zu gern in diesen Garten führen und bis zur Besinnungslosigkeit küssen. Ich möchte nicht, dass Sie glauben, mir mangele es an Begeisterung.“

Mit offenem Mund starrte sie ihn an. „Sie wollen mich küssen?“

In seine Augen trat ein Funkeln. „Sonst hätte ich mich niemals auf dieses verrückte Vorhaben eingelassen.“ Er berührte sie leicht unter einem Ohr. „Ich möchte hier anfangen, mich an Sie schmiegen und in Ihrem Duft versinken.“

Olivia räusperte sich. „Das klingt sehr interes…“

„Und ganz langsam dieses furchtbare Kleid aufknöpfen, bis zu Ihren Brüsten. Ich glaube, sie würden perfekt in meine Hände passen.“

Ihre Brustknospen verhärteten sich unter seinem eindringlichen Blick, und Olivia spähte an ihm vorbei, um sicherzugehen, dass niemand sie belauschte.

Er schob einen Finger unter den Saum ihres Ärmels und streichelte ihre empfindsame Haut.

„Ich denke, ich würde Ihnen dieses Kleid ganz ausziehen. Ich würde hier bei Ihrem Handgelenk anfangen, eine Spur Küsse über Ihren Arm hinaufziehen, bei Ihrem

Ellbogen innehalten, um ihn mit der Zunge zu liebkosen, und Sie allmählich näher an mich ziehen, bis sich Ihre Rundungen an meine Brust pressen. Und dann würde ich Ihre Lippen erobern, ganz sanft zuerst, behutsam, und es genießen, wie Sie sich warm und weich an mich schmiegen. Und Sie würden den Mund zu einem Seufzer öffnen, und ich würde mit meiner Zunge hineingleiten, um mit Ihrer zu spielen."

Olivia zuckte zusammen, starrte auf seinen Mund und flüsterte: „Ist das angenehm?"

Er zog einen Mundwinkel hoch. „Oh ja."

Sie hatte zwar ihre Zweifel, aber Olivia vertraute darauf, dass er wusste, wovon er sprach. Schließlich hoffte sie, dass er weitaus mehr Erfahrung hatte als sie. Weniger konnte er gar nicht haben.

„Auch sehr angenehm ist es, wenn Sie Ihre Arme um mich legen und mich zurückküssen, während sich Ihr Körper an meinen schmiegt, ich meine Hände um Ihr Gesäß lege und Sie eng an meine Erektion presse."

„Mr Jenkins!" Sie spähte wieder hinter ihn und hoffte, niemand hatte das gehört. Erleichtert, dass sie immer noch ungestört waren, spähte sie neugierig zwischen ihnen beiden hinab. „Haben Sie gerade jetzt eine, Sir?"

Sein Lächeln war gefährlich. „Möchten Sie es herausfinden?"

Als sie flüchtig nickte, nahm er ihre Hand und führte sie an seine Hose. Olivias Herz schlug wie wild und ihr stockte der Atem. Sie blickte ihn an, sah Leidenschaft und Begehren in seinem Gesicht, und zum ersten Mal in ihrem Leben fühlte sie sich machtvoll. Sie hatte diese Empfindungen in ihm ausgelöst.

Sie glitt mit der Hand tiefer hinab, wusste nicht,

wonach sie suchte. Ihre Hand streifte die Wölbung in seiner Hose und er zuckte zusammen.

Sie riss ihre Hand zurück. „Habe ich Ihnen wehgetan?“

Er schüttelte den Kopf. „Nein. Vielleicht war das doch keine gute Idee. Ich will nicht vor Publikum die Beherrschung verlieren und über Sie herfallen.“

Ein Gefühl der Zufriedenheit breitete sich insgeheim in Olivia aus. „Sie wollen über mich herfallen?“

„Miss Blakesley, Sie stehen kurz davor, in den Garten gebracht und ausgiebig verführt zu werden.“

Das leichte Gelächter eines weiteren Paares, das herauskam, um die frische Luft zu genießen, drang zu ihnen herüber, und Mr Jenkins trat einen Schritt zurück. Seine Wärme verließ sie, und Olivia merkte erst jetzt, welche Hitze er ausgestrahlt hatte.

Diskret richtete er seine Kleidung und räusperte sich. „Meine Absicht war es eigentlich, Sie zu schockieren und damit von Ihrer verrückten Idee abzubringen, Miss Blakesley, nicht, mich selbst anzuregen.“

Olivia erwachte aus ihrer Trance. „Wenn das tatsächlich Ihr Plan gewesen ist, Mr Jenkins, sind Sie grandios gescheitert. Aber falls wir dieses Vorhaben weiterverfolgen, sollten wir ein paar Regeln festlegen.“

Er zögerte, als ob er mit sich debattiere, und sie hielt den Atem an.

Schließlich nickte er, und sie konnte wieder atmen.

„Ja“, sagte er, „und die erste wird sein, dass wir uns mit unseren Vornamen ansprechen.“

Das erschien ihr sehr unschicklich. Selbst ihre Mutter nannte ihren Vater immer noch Mr Blakesley. Allerdings war diese ganze Angelegenheit eindeutig unschicklich.

„Einverstanden, aber nur, wenn wir allein sind.“

„Gut. Olivia."

Ihr wurde ganz flau zumute, als sie in seine feurig leuchtenden Augen blickte. Zuerst hatte sie sein Aussehen für eher unauffällig gehalten, was einer der Gründe war, weswegen sie ihn ausgewählt hatte, doch in jenem Moment wäre es ihr unmöglich gewesen, einen fesselnderen Mann zu benennen. Er wirkte so stark, so männlich. Himmel, sie würde noch zum Abkühlen hineingehen müssen, so heiß wurde ihr in seiner Nähe.

„Regel Nummer zwei", grollte er. „Du wirst dich mit keinen anderen Männern abgeben, während ich dir den Hof mache."

Olivia fächelte sich Luft zu. „Natürlich nicht. Ein echtes Experiment würde zwar ein Vergleichsobjekt erfordern, aber ich möchte ja Erfahrungen sammeln. Ich freue mich, dass du mir die Möglichkeit dazu gibst."

Und sie würde nicht vergessen, dass es bereits schwierig genug gewesen war, einen passenden und willigen Verführer zu finden. Sie würde nicht einmal mit sich selbst darum wetten, dass sie zwei finden könnte.

Der nächste Tanz begann und Olivia gestattete ihm widerstrebend, dass er sie hineinführte. „Ich habe noch keine meiner Regeln erwähnt, Mr … Nathaniel."

Er geleitete sie zu ihrer Schwester, deutete eine Verbeugung an und schenkte ihr ein verwegenes Lächeln. „Ich bin mir sicher, dass Sie morgen Vormittag ausreichend Zeit haben werden, mir die gesamte Liste vorzulesen, Miss Blakesley. Bis dann."

Sie sah ihm nach, während er den Ballsaal durchquerte, und befand, sie hatte wirklich den Besten von allen ausgesucht. Wenigstens, wenn man Kehrseiten miteinander verglich. Und Verführungskünste!

„Olivia?“ Mary stupste sie mit ihrem Fächer an.

„Hmm?“

„Ich habe gesagt: ‚Erst ein Walzer und dann die Terrasse?‘ Du meine Güte. Er kommt dich morgen besuchen?“

„Es scheint so.“ Olivia lächelte ihre Schwester an. „Ich brauche mehr frische Luft.“

Mary lachte. „Natürlich, Schwesterherz. Du wirkst ein wenig blass.“

Olivia eilte zu einem offenen Fenster, wobei sie sich mahnte, weder zu tanzen noch zu singen. Sie war eine anständige junge Dame, und als solche durfte sie kein Aufsehen erregen.

Daher begnügte sie sich damit, heftig mit dem Fächer zu wedeln, und hoffte, er würde ihr zu breites Lächeln und ihre zu warmen Wangen verbergen.

Sie, Miss Olivia Blakesley, die mustergültige alte Jungfer, hatte ihren Verführer gefunden.

Vier

„Regel Nummer eins: Du darfst niemandem von unserer Vereinbarung erzählen."

Olivia schlenderte mit Nathaniel durch den Park. Sie hatte sich bei ihm untergehakt, während ihre Zofe ihnen beiden diskret folgte. Es war das erste Mal, dass ihre Zofe sie als Anstandsdame begleitete, und es gelang ihr außerordentlich gut, fast außer Sichtweite zu bleiben. Olivia fragte sich, ob ihre Mutter der Zofe gesagt hatte, sie solle so viel Abstand halten wie nur möglich. Olivia würde ihrer Mutter zutrauen, darauf zu spekulieren, durch einen kleinen Skandal einer Heirat Vorschub zu leisten.

„Natürlich, Olivia. Ein Gentleman genießt und schweigt."

Sie nickte. Trotzdem überlegte sie, woher all der Klatsch kam, wenn alle angeblich schweigend genossen. Sie kannte wenigstens zwei junge Damen, deren Ruf durch Tratsch ruiniert worden war.

Sie würde darauf vertrauen müssen, dass Nathaniel

ihren Ruf nicht ruinierte. Oder wenigstens darauf, dass er niemandem erzählte, dass er sie kompromittiert hatte.

„Regel Nummer zwei: Ich kann jederzeit beschließen, von unserer Vereinbarung zurückzutreten, und du wirst das respektieren. Natürlich werde ich dich trotzdem bezahlen."

Nathaniel blieb abrupt stehen. „Glaubst du, du wirst deine Meinung ändern?"

„Nun, das weiß ich jetzt noch nicht, woher auch? Was, wenn ich den Liebesakt furchterregend finde? Man hört so viele Geschichten. Ich möchte nur deine Zusicherung, dass du aufhörst, wenn ich dich darum bitte."

„Du wirst es nicht furchterregend finden, Olivia. Erregend, sicher. Und du wirst nicht wollen, dass ich aufhöre." Er führte ihre Hand wieder auf seinen Arm und ging weiter. „Wie auch immer, wenn du mich darum bittest, werde ich es tun. Aber sei dir sicher, wenn du es sagst. Für einen Mann ist es schwer, wieder aufzuhören, wenn man erst einmal angefangen hat."

„Das werde ich sicherlich berücksichtigen, Nathaniel. Hoffentlich wird es nicht nötig sein."

Nathaniel nickte. „Und du wirst mich nicht bezahlen."

„Das werde ich ganz sicher."

„Nein, wirst du nicht. Ich werde keine bezahlte Kurtisane, Prostituierte und auch nicht deine Mätresse … dein Gigolo oder wie immer man das nennen mag … jedenfalls möchte ich nicht bezahlt werden."

„Warum solltest du es sonst tun? Du hast nichts dabei zu gewinnen und ich will kein Mitleidsakt für dich sein." Olivia funkelte ihn an. „Lach mich nicht aus."

„Ich lache dich nicht aus. Frauen werden für diesen Dienst bezahlt, weil es für sie nicht immer ein Vergnügen ist. Für einen Mann jedoch schon. Das wird mein Lohn sein.“

„Hmm. Ich finde immer noch, ich sollte dich bezahlen.“

„Nein. Das ist mein letztes Wort.“

Olivia rümpfte die Nase; ihr Blick schweifte zu den anderen Paaren, die durch die Grünanlage spazierten. Sie sahen alle so jung aus. Und hoffnungsvoll.

Und ganz entschieden tugendsam. Sie bezweifelte, dass irgendwer von ihnen ein Gespräch wie das ihre führte.

„Eines hast du jedoch nicht bedacht, Olivia. Was, wenn du durch mich in andere Umstände gerätst?“

Sie sah Nathaniel weiterhin nicht an, als sie antwortete. Sie war es müde, unter seinem Blick zu erröten. „Das habe ich sehr wohl bedacht. Ich habe gelesen, dass es eine Vorsichtsmaßnahme gibt, die ein Mann ergreifen kann, um eine Empfängnis zu verhindern. Kennst du sie?“

Nathaniel räusperte sich. „Ja. Aber diese Methode ist nicht absolut sicher.“

Das hatte Olivia befürchtet. War es das Risiko wert? Sie atmete tief durch. Ja, das war es. Wenn es zum Äußersten kam, konnte sie Verwandte besuchen, bis das Baby geboren war. Sie hatte fünf Schwestern, eine von ihnen würde das Kind sicherlich aufziehen, wenn nötig. Mary ganz bestimmt.

„Ich zögere zu fragen, woher du solche Dinge weißt, Olivia.“

„Ich habe …“

„Und komm mir nicht wieder mit deinen fünf Schwägern. Ich bezweifle, dass einer von ihnen ein solches Thema in deiner Gegenwart erwähnen würde.“

Sie streifte ihn mit einem Blick, bemerkte seinen finsteren Gesichtsausdruck. „Man kann fast alles in Büchern finden, Nathaniel.“

„Nicht in den Büchern, die du lesen solltest."

Wohl wahr. Unter einer der Dielen in ihrem Zimmer hatte sie ein sehr verruchtes Buch versteckt. Vielleicht würde sie ihm einen Blick darauf gestatten, wenn sie sich besser kannten. Sie hatte da einige Fragen.

„Nun, ich habe so einiges gelesen, was ich nicht lesen sollte. Ich werde die volle Verantwortung übernehmen, falls wir in eine solch missliche Lage geraten sollten."

„Verdammt und zugenäht", murmelte er, doch sie ignorierte das. Immerhin setzte sie ihm ordentlich zu.

„Soll ich dich doch bezahlen?", fragte sie. „Nach dem, was ich gelesen habe, ist diese Methode nicht so vergnüglich für den Mann."

Er wurde ein wenig rot, und etwas schien mit seinem Kragen nicht zu stimmen, denn er riss plötzlich daran. „Nein, du sollst mich nicht bezahlen."

Sie tätschelte seinen Arm. „Natürlich, Nathaniel. Ich wollte deinen männlichen Stolz nicht beleidigen."

Das war wirklich schwieriger, als Olivia gedacht hatte.

Sie gingen weiter und er sagte: „War das denn die ganze Liste? Du hast nur zwei Regeln?"

„Ich hatte eine dritte, aber nach der gestrigen Kostprobe mache ich mir keine Sorgen mehr, dass du dich dem Vorhaben mit zu wenig Leidenschaft widmen könntest. Ich glaube, wir werden gut miteinander zurechtkommen. Obwohl ich mir sicher bin, dass mir weitere Regeln einfallen werden, wenn die Situation sie erfordert."

„Da bin ich mir sicher."

„Ich würde allerdings gern wissen, warum du deine Meinung geändert hast. Als ich dich zuerst gefragt habe, schienst du sehr abweisend mir gegenüber."

„Du hast mich überrascht, Olivia. Das war so, als käme

plötzlich mitten auf einem Ball ein Hund angelaufen und würde um sein Abendessen bitten. Gänzlich unerwartet."

Olivia schenkte ihm einen finsteren Blick. „Vergleichst du mich etwa mit einem Hund? Einem sprechenden Hund? Sicherlich ist mein Angebot nicht so unglaublich gewesen."

Nathaniel verzog das Gesicht. „Das habe ich nicht gemeint. Natürlich habe ich dich nicht mit einem Hund verglichen."

„Das klang aber so."

„Ich hatte ein Gespräch über Sterne erwartet, und nicht damit gerechnet, dass mir eine wohlerzogene Dame ein unschickliches Angebot unterbreiten würde. Als du nach Privatsphäre verlangt hast, hatte ich angenommen, du wolltest dich absichtlich in eine kompromittierende Lage begeben."

Olivia nickte. „Ich verstehe. Du hast ein Bellen erwartet und musstest feststellen, dass ich sprechen kann. Versuchen Frauen oft, sich mit dir in eine kompromittierende Lage zu begeben?"

„Nicht sehr oft."

„Du scheinst keine hohe Meinung von meinem Geschlecht zu haben."

„Oder eine sehr hohe Meinung von Hunden."

„Und da frage ich mich, warum du nicht verheiratet bist. Das hat mich sehr erstaunt."

Er senkte den Kopf und lachte. Seine Schultern zuckten, während er sich in das Unvermeidliche schickte. Olivia bemühte sich sehr, einen verkniffenen Mund beizubehalten.

„Ich muss mich entschuldigen, Olivia. Es scheint, als hätte mein Charme mich im Stich gelassen. Wenn meine Mutter wüsste, dass ich eben eine Dame mit einem Hund verglichen habe, würde sie mich sicherlich enterben."

„Und ich bin mir sicher, das hättest du verdient."

„Dem stimme ich zu. Wie kann ich das wiedergutmachen?"

Olivia tätschelte seinen Arm. „Vergeben und vergessen. Ich denke, unsere besondere Situation wird immer wieder einmal zu dem einen oder anderen Tritt ins Fettnäpfchen führen."

„Danke, meine Liebe. Aber vielleicht wird eine Pause in diesem Pavillon mir Gelegenheit geben, zu beweisen, dass ich nicht gänzlich ohne Manieren bin."

„Danke, Nathaniel. Es wird ein wenig warm. Ich habe Pavillons schon immer als angenehm empfunden, um mich abzukühlen."

Nathaniel lächelte verschmitzt und zog sie in die Arme, sobald sie eingetreten waren. „Ich glaube, in diesem wirst du nicht viel Abkühlung finden."

Ihr überraschter Blick belohnte ihn, als er langsam den Kopf senkte und ihre Lippen mit seinen berührte. Sanft fuhr er mit der Zunge über ihre Oberlippe, und als sie aufkeuchte, eroberte er virtuos ihren Mund und ließ seine Zunge spielerisch die ihre necken.

Olivia packte seine Jackenaufschläge, atmete schneller, wagte, seine Zunge mit ihrer zu berühren. „Oh, Nathaniel. Das ist sehr angenehm."

Er schob die Hände unter ihre Arme und ertastete voller Verlangen die Konturen ihres Korsetts, die sich unter ihrem Kleid abzeichneten, führte sich selbst in Versuchung. Sie murmelte etwas und kam näher, drückte sich an ihn. Nathaniel streichelte über ihre Brüste und stöhnte auf.

Die Zofe rief nach ihnen und er schob Olivia schnell von sich fort. Ihre Brust hob und senkte sich heftig, während sie nach Luft rang.

„Daher kommt also die Faszination für Pavillons“, sagte sie.

„Ja, aber wir könnten jederzeit von jemand anderem als deiner Zofe gesehen werden.“

„Ich denke, das ist Teil der Faszination.“

Er lächelte, als sie hinaustraten, wo die Zofe auf sie wartete und demonstrativ auf die Bäume starrte.

„Also, meine Liebe“, sagte Nathaniel, „ich glaube, du suchst noch eine Begleitung für die Oper. Darf ich dich einladen?“

Sie rümpfte die Nase, dann straffte sie die Schultern. „Ich wollte, dass du mich mit allem Drum und Dran umwirbst, und die Oper scheint ein Muss für Liebespaare zu sein. Ich danke dir, Nathaniel, das wird … wundervoll werden.“

Nathaniel hatte den Verstand verloren. Besser gesagt, er verlor ihn jedes Mal in der Gegenwart von Olivia Blakesley. Eigentlich hatte er ihr ausreden wollen, sich verführen zu lassen, und nicht vorgehabt, sich selbst in die Sache hineinzureden. Doch hier war er und warb um sie.

Führte sie in die Oper aus!

Das letzte Mal, als er seinen Trieben erlaubt hatte, über ihn zu bestimmen, war er achtzehn gewesen und mit einem blauen Auge heimgekommen. Wenn er mit diesem verrückten Plan weitermachte, würde er mit einer Kugel aus der Waffe einer ihrer Schwäger im Bauch heimkommen.

Es war der reinste Wahnsinn. Sie war eine wohlerzogene Dame. Wenngleich ihre Erziehung ein wenig sonderbar gewesen sein mochte. Eine eigenwillige, starrsinnige, leidenschaftliche, kluge Frau.

Und er kam nicht gegen das Gefühl an, dass sie einen anderen Mann finden würde, wenn er sich ihr verweigerte. Ein anderer Mann könnte ihr schaden – und ihrer Familie.

Über sich selbst verärgert schüttelte er den Kopf. Er griff nach Strohhalmen, nach jeder Entschuldigung dafür, das zu tun, was er wollte.

Denn er wollte sie. Wollte sie mehr, als er seit Langem eine Frau begehrt hatte.

So lebendig hatte er sich nicht mehr gefühlt, seit sein Vater gestorben war. Sie schockierte ihn, brachte ihn zum Lachen, erregte ihn.

Er würde sie nicht verletzen, wie andere Männer es tun würden. Er würde ihr geben, was sie wollte, eine Erfahrung, die ein Leben lang vorhielt. Niemand würde davon erfahren, niemand würde darunter leiden. Er würde mit reinem Gewissen sein Leben fortführen können.

Und er würde der Stimme in seinem Kopf einen Knebel verpassen, die ihm sagte, dass sein Handeln ihr ewiges Jungferndasein endgültig unabwendbar machte.

Mary kam später am selben Abend zum Dinner vorbei und stahl sich hinauf in Olivias Zimmer, damit sie ihr von all den pikanten Einzelheiten berichten konnte, die man vor einer Mutter besser verborgen hielt. Da es zu viele pikante Einzelheiten gab, die man auch einer Schwester besser nicht erzählte, ging Olivia über ihren Vormittag hinweg und kam direkt auf das nächste geplante Treffen zu sprechen.

„Du willst in die Oper gehen?“ Mary schaute sie

befremdet an. „Seit wann?“

„Seit ein gut aussehender Mann mich gebeten hat, ihn zu begleiten.“

„Ah, natürlich. Das hätte ich erwarten sollen. Da werde ich mich euch gern anschließen, Rufus ebenso. Er liebt Musik.“ Mary sah Olivias schmerzvoll verzogenes Gesicht und lachte. „Du hast aber schon gewusst, dass dort gesungen wird?“

„Ich hatte so einen Verdacht. Ist es sehr schlimm?“

„Etwas ganz anderes als Prudence’ Gekreische, wenn du das wissen wolltest. Du solltest Rufus bitten, dir vorher alles zu erklären. Ich mag es inzwischen sogar.“

„Armer Rufus, hat in so eine unmusikalische Familie eingeheiratet.“

„Mmm. Vielleicht sollte ich deinen Mr Jenkins warnen.“

„Vielleicht sollte ich dir mein Teleskop über den Schädel ziehen.“

Mary gab ein missbilligendes Geräusch von sich. „So gewalttätig. Keine Angst, ich werde ihm kein Wort verraten. Was wirst du anziehen? Mama hat gesagt, sie hätte dich diese Woche fast zu einem Schneider gelotst, dich auf dem Weg aber an einem Buchladen verloren.“

„Ich hatte ihr schon vorher gesagt, dass ich keine neuen Kleider brauche.“

Mary betrachtete Olivias graues Kleid und hob eine Augenbraue. „Grau ist nicht deine Farbe, Livvy. Das macht dich leichenblass. Ich finde, du solltest Mamas Angebot annehmen und dir etwas in einem schönen Frühlingsgelb anfertigen lassen. Du würdest hübsch darin aussehen.“

Olivia verzog das Gesicht und würgte. „Gelb? Bleib mal ernst, Mary. Ich bin fast achtundzwanzig. Keine alte Jungfer trägt Gelb. Das wäre einfach nur bemitleidenswert."

Mary sah sie enttäuscht an. „Du bist keine alte Jungfer, Olivia Blakesley. Ich hasse es, wenn du das sagst."

Olivia seufzte. „Aber das bin ich. Und was wichtiger ist, mir macht das nichts aus. Genauso wenig mache ich mir Gedanken um Kleider. Bei dem Grau muss ich mich auch nicht um Flecken sorgen."

„Nur weil es so hässlich ist und es niemanden scheren würde, selbst wenn du es verbrennst. Und ich bezweifle, dass Mr Jenkins dich für eine alte Jungfer hält."

„Mr Jenkins steht auch nicht gerade in der Blüte seiner Jugend."

Mary lachte. „Ich glaube nicht, dass man das bei Männern so sagt, Livvy. Da heißt es, er ist reifer."

Dem stimmte Olivia zu. Das war er ganz sicher. Und sie hatte den Eindruck, ihm gefielen ihre hässlichen Kleider. Jedenfalls redete er ermutigend oft davon, sie daraus zu befreien.

Sie lächelte, als sie Mary zum Abendessen hinunter folgte. Selbst angesichts der drohenden Oper konnte sie es nicht erwarten, Nathaniel wiederzusehen. Er hatte bereits ihre höchsten Erwartungen übertroffen.

Sie würde sich nur daran erinnern müssen, keine Aktivitäten mehr zu erwähnen, die sie eigentlich nicht mochte. Er war ein entschieden zu guter Zuhörer.

Fünf

Das Opernhaus war bis oben hin gefüllt mit parfümierten Damen und modisch gekleideten Gentlemen. Selbst mit ihrem modeblinden Blick erkannte Olivia, dass sich hier die vornehme Gesellschaft selbst feierte. Gestreifte Hosen, kirschrote Lippen, elegante Roben. Der Hut einer Frau war mit so vielen Federn geschmückt, dass man befürchten musste, er würde jeden Moment wie ein Vogel davonfliegen.

Mary sah ihren Gesichtsausdruck und lachte. „Bedauerst du deine Kleiderwahl schon?"

„Nein. Ich halte sie für eine bessere Wahl als die meisten der hier zur Schau getragenen Kostüme hier."

Nathaniel beugte sich vor, um Olivia ins Ohr zu flüstern: „Warst du noch nie in der Oper, Olivia? Ich hätte dich warnen sollen."

„Und ich hätte etwas in der Art erwarten müssen. Ich hab doch gewusst, dass ich einen Grund hatte, bislang nie hierherzukommen."

„Dann hoffe ich, wenigstens die Musik trifft deinen Geschmack.“

Sie behielt einen bewusst hoffnungsvollen Gesichtsausdruck bei. „Die Leute kommen ja nicht nur wegen der Mode her, oder? Ich erwarte, von wunderschönem Gesang und einer gefühlvollen Geschichte verzaubert zu werden.“

Nathaniel lachte. „Ist das ein Zitat aus der Times? Falls nicht, sind deine Interessen falsch gelagert. Du solltest Kritikerin werden. Dann sprichst du also Italienisch?“

Olivia blickte ihn verwirrt an. „Italienisch?“

„Die Oper ist in italienischer Sprache.“

„Der Gesang? Alles?“ Sie wandte sich an Rufus. „Das hast du nicht erwähnt.“

Er faltete den Programmzettel zusammen und lachte. „Ich dachte, das würdest du aus dem Titel schließen.“

Nathaniel zog sie sanft zur Seite. „Komm, meine Liebe. Lass uns zu unseren Plätzen gehen, wollen wir?“

„Kommst du oft her, Nathaniel?“

„Ich gestehe: nein.“

Olivia folgte ihm, insgeheim erfreut, dass er kein regelmäßiger Operngänger war. Und noch erfreuter darüber, dass er sich die Mühe machte, sie hierher auszuführen. Sie lächelte ihn freudig an. Sie würde versuchen, dieses Ereignis zu genießen, wusste sie doch, sie würde kaum noch einmal damit in Berührung kommen.

Trotz der Versicherungen ihrer Schwester erwartete sie keine schönen Melodien, sondern quälendes Gekreische. Zum Glück war ihre Mutter weise genug gewesen, andere Fertigkeiten ihrer Töchter zu fördern. Beim Malen quälte man die eigenen Ohren nicht.

Sie setzten sich, und Olivia lehnte sich zu Mary, um

flüsternd zu fragen: „Wie lange soll das alles dauern?"

Mary antwortete hinter ihrem Fächer hervor: „Drei Stunden."

Olivia starrte sie fassungslos an. „Gesang? Ausschließlich Gesang? Und nur auf Italienisch?"

„Es gibt eine Pause, in der man herumlaufen und die hübschen Kleider aller anderen bewundern kann."

Olivia funkelte sie an. Kein Wunder, dass sie nie zuvor die Oper besucht hatte. Musik und Mode, die einzigen Themen, die sie rein gar nicht interessierten.

Ungefähr eine halbe Stunde nachdem der Vorhang aufgegangen war, blickte sie zu Rufus. Er saß nach vorn gebeugt auf seinem Stuhl und lauschte der Musik voller Verzückung. Sie wünschte, sie könnte hören, was er so offensichtlich genoss, aber sie hatte absolut kein Gespür für Musik. Die einzige ihrer Schwestern, die einigermaßen singen konnte, war Eugenia, und das lag allein an endlos vielen, quälenden Übungsstunden.

Da zog sie die schönen, stillen Sterne jederzeit vor.

Olivia spähte zu Nathaniel, halb befürchtend, auch er wäre ganz der Musik hingegeben. Obwohl sie nicht wusste, warum sie das kümmern sollte. Er machte ihr schließlich nicht ernsthaft den Hof. Sie würde nicht Jahre damit verschwenden müssen, ihn in die Oper zu begleiten, wenn er sie so genoss.

Trotzdem seufzte sie erleichtert auf, als sie sein bemüht ausdrucksloses Gesicht bemerkte.

Er blickte sie an, und in diesem Moment überkam Olivia unvermittelt das Gefühl, als ob sie einen Seelenverwandten gefunden hätte, so tief war das Verständnis zwischen ihnen. Sie verspürte ein Aufflackern von Bedauern, weil dieser Moment nicht von Dauer sein würde, doch dann riss sie sich zusammen. Sie würde dieses Erlebnis nicht vergiften. Selbst wenn sein Werben nicht vorgetäuscht wäre, würde es irgendwann enden. Sie hatte genug verheiratete Schwestern, um zu wissen, dass die anfängliche Begeisterung mit der Zeit nachließ. Sie würde es einfach genießen, solange es anhielt.

Sie war überrascht, als Nathaniel ihre Hand in der Dunkelheit berührte. Mit dem Daumen zeichnete er Muster auf ihren Handschuh, und sie kämpfte gegen einen wohligen Schauer an. Sie blickte zu ihm, aber er war plötzlich völlig in die Darbietung auf der Bühne vertieft.

Auf einmal fand auch sie das alles sehr aufregend.

Ihr Herzschlag übertönte jedes andere Geräusch, während er fortfuhr, ihre empfindsamen Finger zu liebkosen. Sie atmete schneller und da war ein Flattern in ihrem Bauch. Sie fächelte sich heftig Luft zu. Im Zuschauerraum war es unerklärlich warm geworden. Auf Nathaniels Gesicht lag ein zufriedenes Grinsen. Der Mann verdiente es, dass man es ihm mit gleicher Münze heimzahlte.

Sie begann, seine Finger zu liebkosen – streichelte die langen Glieder, umfasste sie und hörte, wie er nach Luft rang. Nun befürchtete sie, selbst ein kleines zufriedenes Grinsen im Gesicht zu haben. Sie spähte zu ihm hinüber und ihre Blicke trafen sich. Seine Augen leuchteten und er schenkte ihr ein leichtes Lächeln. Mit den Fingern bemühte er sich, die Situation wieder zu kontrollieren, und sie unterdrückte ein Lachen, während sie um die Liebkosungshoheit kämpften.

Je länger Nathaniel und sie miteinander ausgingen, desto klarer wurde ihr, wie gut sie zusammenpassten. Er war mit Abstand der wunderbarste Gentleman, den sie je kennengelernt hatte. Sie hatten dieselben Interessen, hegten dieselben Abneigungen, und er sorgte dafür, dass selbst ein Kopfschmerz erzeugender Abend wie im Flug verging. Ab und an dachte sie darüber nach, wie bedauerlich es war, dass er ihr nur zum Schein den Hof machte. Ob es wohl so weit gekommen wäre, wenn es ihre Abmachung nicht gäbe?

Natürlich wäre es ihm gegenüber ungerecht, wenn sie begänne, seine Avancen ernst zu nehmen und sich entsprechend zu verhalten. Sie hatten eine Vereinbarung, und eine Ehe gehörte nicht dazu. Sie war mit dem Vorschlag zu ihm gekommen, daher hielt er sie vermutlich nicht mehr für eine anständige junge Dame und geeignete Gattin für einen Gentleman.

Die Pause kam schon bald. Nathaniels Handspiele hatten sie sehr abgelenkt, aber sie fragte Mary trotzdem, ob sie vorzeitig gehen könnten, als sie gemeinsam den Waschraum für Damen aufsuchten. Handspiele, so aufregend sie auch waren, konnten das nicht enden wollende Gekreische nicht zum Schweigen bringen.

„Nein. Du wolltest unsere Begleitung, und Rufus hat sich so darauf gefreut, herzukommen. Wir können nicht schon nach der Pause gehen."

„Ich verstehe nicht, wie er so begeistert davon sein kann."

„Niemand von uns kann verstehen, was dich an den Sternen fasziniert, und doch lassen wir dich deiner Leidenschaft nachgehen."

Olivia konnte sich nur zu gut an die Momente erinnern, in denen ihre Familie sie nicht allein und in Ruhe ihrem Sternenstudium hatte nachgehen lassen. Doch sie wusste um Rufus' Leidenschaft für die Musik und wollte ihm seinen Genuss nicht vorenthalten. Gleichgültig, wie sehr es sie danach verlangte, zu schreien.

Mary sagte: „Außerdem – genießt du es etwa nicht, so nah bei deinem Mr Jenkins zu sitzen?“

„Schon. Aber er scheint an der Musik auch keinen großen Gefallen zu finden.“

„Dann habt ihr das immerhin gemeinsam. Und du wirst mit ihm nicht mehr in die Oper gehen müssen, wenn es euch beiden nicht gefällt. Rufus meint, Mr Jenkins bevorzugt das Landleben. Ihr beide könntet euch also aufs Land zurückziehen und dort bis in alle Ewigkeit glücklich leben.“

„Die Sterne sind auf dem Land heller. In der Stadt dreht sich alles um Mode und Klatsch. Ich wage zu behaupten, dies wird meine letzte Saison hier sein.“

Mary strahlte sie an. „Das glaube ich auch.“

Olivia schüttelte den Kopf. „Selbst wenn es mit Mr Jenkins nichts wird. Ich bin bereit für das Leben einer alten Jungfer.“

Marys Augen blitzten. „Ich werde ewig dankbar sein, wenn ich nicht mehr hören muss, wie du dich selbst eine alte Jungfer nennst. Ich bin es leid.“

Sie verließen den Waschraum und fanden sich im größten Gedränge wieder. Sie suchten sich ihren Weg zu den Gentlemen, und Olivia hörte Geflüster und Gelächter. Zum größten Teil ging es um Klatsch über die neueste Mode, doch dann hörte sie: „… fürchterlich, dieses graue Kleid …“ Und ihr wurde klar, dass man über sie lachte und tratschte.

Sie lächelte über derlei Albernheit. Sie begriff wirklich nicht, was die Aufregung sollte. Sie hatte sich für die Oper anständig gekleidet, auch wenn ihre Wahl nicht der neuesten Mode entsprach.

„... will Jenkins mit der?“

„... könnte eine Bessere ...“

„... ein Scherz? Passt so gar nicht ...“

Ihr verging das Lächeln. Würde sein Ruf Schaden nehmen, weil er sich angeblich für sie interessierte? Immerhin schienen die Klatschzungen nicht ernsthaft zu glauben, dass Nathaniel um sie warb. Warum sollten sie auch? Er war ein grundsolider, wohlhabender Gentleman, er konnte jede Frau haben, die er begehrte. Er hatte es nicht nötig, einer alten Jungfer mit albernen Gewohnheiten den Hof zu machen. Oh, wenn sie den wahren Grund kennen würden, aus dem er mit ihr hier war.

Gut, dass er so ein ehrenhafter Mann war. Er würde niemandem ein Wort über ihre Vereinbarung verraten, dessen war sie sich sicher. Wenn ihre Vereinbarung erfüllt war, würde jeder denken, dass er sich eines Besseren besonnen hatte und diese unpassende Verbindung nicht länger eingehen wollte.

Seine Aufmerksamkeit hatte ihr viel geschenkt. Sie hatte einen Parkspaziergang erlebt, verführerisches Tanzen, einen Ausflug in die Oper und war der Mittelpunkt des Interesses eines Mannes gewesen. Es fiel ihr zunehmend schwerer, vorzugeben, dass das alles nur Täuschung war, und ganz offenbar hatten auch andere bemerkt, dass er ihr Avancen machte. Sie hatte niemandem vormachen wollen, dass sie Zuneigung füreinander empfanden, am wenigsten sich selbst. Sie hatte nur erfahren wollen, wie es war, begehrt zu werden. Jetzt wusste sie es.

Sie wusste auch, dass es Zeit war, das öffentliche Werben zu beenden. Sie wollte nicht, dass sein Ruf durch ihren Umgang miteinander Schaden nahm. Dafür mochte sie ihn viel zu sehr.

Endlich endete die Vorstellung und sie konnten der Oper entfliehen. Nathaniel hielt sie dicht bei sich, um sie durch die Menge zu dirigieren.

„Dieses Erlebnis werde ich so schnell nicht vergessen“, sagte er.

„Ich auch nicht. Danke, dass du das für mich durchgestanden hast.“

„Aber natürlich, Olivia. Ich habe Teile davon genossen, auch wenn ich hoffe, wir werden das nicht so bald wiederholen müssen.“

Sie schüttelte den Kopf. „Ein Mal hat mir mehr als genügt. Aber ich danke dir, Nathaniel. Das war ein wunderbares Werben.“

„Betrachtest du dich dann also als umworben und gewonnen?“

Sie lachte und drückte seinen Arm. „Das tue ich, ja.“ Sie hielt inne und wich seinem Blick aus. „Aber ich frage mich, wann der nächste Schritt kommt.“

„Ich gestehe, ich zögere damit.“

„Warum?“

„Ich habe gehofft, du würdest deine Meinung ändern.“

Sie blickte ihn finster an. „Das werde ich nicht.“

„Und auch, weil es die Beziehung verändert, wenn ein Paar sich erst einmal auf diese Weise vereinigt hat. Süße Küsse und leidenschaftliche Umarmungen genügen dann nicht mehr, der Akt selbst wird zum Mittelpunkt. Es ist sehr schwer, dahin zurückzugehen, wo man vorher war … Bist du sicher, dass du weitermachen willst, Olivia?“

Sie traten aus dem Opernhaus und die kalte Luft ließ sie

erschauern. Sie atmete tief ein. „Ja. Das haben wir vereinbart, Nathaniel. Ich will das kennenlernen. Ich will erfahren, warum der Akt so wichtig wird. Ich will wissen, warum Leidenschaft Männer in den Bann schlägt und Frauen die Sinne schwinden lässt.“ Sie blickte zu ihm hoch und flüsterte: „Bitte, zeig es mir.“

Schweigend starrte er zu den aufgereihten Kutschen und lachte dann leise. „Wirst du heute Nacht die Sterne beobachten?“

Olivia spähte zum nebligen Himmel hinauf, dann lächelte sie ihn an. „Nicht sehr lang, denke ich.“

Auch Nathaniel lächelte. „Nein, nicht sehr lang.“

Sechs

Voller Ungeduld wartete Olivia auf Mr Nathaniel Jenkins. Sie war so zappelig, dass sie stark versucht war, mit irgendetwas um sich zu schlagen. Sollte er unvermittelt auftauchen und sie ihn dabei versehentlich treffen, wäre ihre einzige Rechtfertigung, dass er versprochen hatte, sie zu verführen, und es dann nicht getan hatte. Konnte er es ihr da verübeln, wenn sie ihn versehentlich verletzte? Ihr zukünftig aus dem Weg gehen, das ja, aber ihr einen Vorwurf machen doch sicher nicht.

Sie war hinausgeeilt, sobald es dunkel geworden war – voller Eifer und Erwartung. Das war gut drei Stunden her und sie war müde. Die Aufregung hatte sich zu einem dumpfen Schmerz in ihrem Bauch zusammengezogen.

Vielleicht hatte er seine Meinung geändert. Am Ende war er eben doch ein Gentleman. Von Geburt an hatte man ihn gelehrt, nicht mit den Töchtern anderer Gentlemen herumzuschäkern. Die heiratete man bloß.

Sie hätte ihn bezahlen sollen. Dann hätte er herkommen

und sie verführen müssen. Sie hätte ihn das bei seiner Ehre schwören lassen sollen.

„So wie du diesen Schornstein anfunkelst, muss ich fürchten, dass ich mich verspätet habe."

Olivia sprang von ihrem Stuhl auf, halb aus Furcht, halb aus aufrichtiger Empörung. „Ja, du kommst spät. Ich bin seit drei Stunden hier draußen. Mir ist kalt, meine Beine sind eingeschlafen, und du hast mich so lange warten lassen, dass ich nicht mehr an dir oder dem, was du meinst, mir beibringen zu können, interessiert bin." Sie holte Luft und ging vor ihm auf und ab.

Nathaniel beobachtete sie mit der Intensität eines Löwenbändigers, sein Blick folgte jedem ihrer hastigen Schritte.

„Es tut mir leid, Olivia. Ich hätte mich präziser ausdrücken sollen. Ich wollte nicht herkommen, solange noch jemand wach sein könnte."

Hastig senkte Olivia ihre Stimme zu einem Flüstern. „Hier schlafen alle schon eine ganze Weile. Ich denke, ich werde ihrem Beispiel folgen."

Nathaniel packte sie am Handgelenk, als sie an ihm vorbeistürmte. „Olivia, warte."

Sie blieb stehen, weigerte sich, ihn anzuschauen, und wünschte sich, der Schmerz in ihrem Bauch möge sich verziehen. Seit ihrer offiziellen Einführung in die Gesellschaft war ihr nicht mehr so übel gewesen.

Nathaniel führte sie zu ihrem Stuhl, setzte sich und zog sie auf seinen Schoß, dann legte er die Decke um sie beide. Er hielt sie, stützte das Kinn auf ihren Kopf und sagte nichts.

Gegen ihren Willen entspannte Olivia sich, seine Hitze wärmte sie. Sie atmete tief durch, und der Geruch nach

Pferd und Mann und Lorbeer drang ihr in die Nase. Männer rochen so anders als Frauen. Irgendwie wärmer. Oder vielleicht fühlten sie sich nur wärmer an. Sie kannte die Umarmung ihrer Mutter, und sie hatte ihre Schwestern umarmt. Bei keiner dieser Umarmungen hatte sie eine solche Hitze verspürt. An Nathaniels Hitze konnte sie sich verbrennen.

Ihr wurde warm unter der Decke.

Nathaniel legte einen Arm um ihre Taille und zog sie enger an sich.

„Du kannst deine Meinung immer noch ändern."

„Ich will meine Meinung nicht ändern. Ich wünsche mir nur, ich hätte nicht so viel Zeit zum Grübeln gehabt." Olivia wandte sich zu ihm um, betrachtete ihn im Mondschein. „Darf ich dich küssen?"

Er lächelte leicht und drückte sie fester. „Ja."

Ihr Herz pochte heftig und ihr Atem ging schneller. Zuvor hatte immer er sie geküsst. Es war ja gut und schön, verführt zu werden, aber manchmal musste eine Frau auch die Kontrolle übernehmen. Sonst blieb zu viel Zeit zum Nachdenken.

Sie beugte sich vor und streifte seine Lippen. Wieder und wieder fuhr sie mit geschlossenen Lippen über seine. Sie waren weich, glitten sanft an ihren entlang. Sie wanderte weiter zu seinen Wangen, streichelte sie mit dem Mund.

„Du hast dich rasiert."

Sie spürte sein Lächeln, doch er schwieg.

Sie stand auf, von seiner Hitze ebenso gewärmt wie von ihrer eigenen. Über ihn gebeugt, glitt sie mit den Lippen über seine Nase, streifte seine Wimpern und seine geschlossenen Augen. Er legte die Hände an ihre Taille, liebkoste ihre Hüften und Schenkel und strich wieder hinauf über ihre Rippen, berührte sanft ihre Brüste. Ihr stockte der Atem.

Unvermittelt stand er auf und legte ihr die Decke um die Schultern. „Warte einen Moment hier."

Er kniete sich neben seine Satteltaschen, zog eine dicke Decke daraus hervor und breitete sie auf der kleinen Dachterrasse aus. Darauf legte er eine dünnere Decke, dann streckte er ihr eine Hand entgegen, bedeutete ihr, zu ihm zu kommen. In der Hand hielt er eine kleine rote Rose.

Langsam ging sie auf ihn zu, nahm die Rose und sog ihren süßen Duft ein. „Danke, Nathaniel", flüsterte sie. „Das ist mehr, als ich erwartet habe."

„Du wolltest umworben und verführt werden, Olivia. Ich bin ein Mann, der zu seinem Wort steht."

Sie lächelte, ignorierte die Schmetterlinge in ihrem Bauch. Als sie sich neben ihm auf die Decke kniete, nahm er ihre Hand und drückte sie an sich, bis sie sich von den Knien bis zur Brust aneinanderschmiegten.

Er zog eine Spur Küsse über ihre Wange zu ihrem Mund und flüsterte: „Sie wollten die Kunst der Verführung kennenlernen, Miss Blakesley?"

„Ich glaube, ich sprach von dem Akt der Verführung."

Er knabberte an ihrer Unterlippe. „Auch das wirst du kennenlernen."

Er lehnte sich zurück auf den Rücken und zog sie mit sich. Als er sie am Gesäß packte, fuhr sie leicht zusammen, musste jedoch sogleich über sich lachen. Eines ihrer Knie ruhte zwischen seinen Beinen und sie spürte, wie sich seine wachsende Erregung hart an ihren Schenkel presste.

Olivia drückte sich ein wenig hoch. „Darf ich anfassen?"

Nathaniel lachte leise. „Ich bin Ihr ergebener Diener,

Miss Blakesley. Du darfst tun und lassen, was immer du möchtest."

Sie streichelte an seinem Körper hinab, strich über seine Härte. Er sog scharf den Atem ein.

Erschrocken zog sie die Hand zurück. „Habe ich dir wehgetan?"

Er schüttelte den Kopf, packte ihre Hände und führte sie wieder zurück. Sie massierte und streichelte ihn durch den Stoff hindurch, bis er aus tiefstem Herzen fluchte. Er knöpfte die Hose auf und Olivia setzte sich auf, um seine Männlichkeit zu betrachten, die sich ihr entgegenreckte und viel größer war, als sie es erwartet hatte.

Vermutlich war es besser, das nicht auszusprechen, aber es war ein seltsamer Anblick. Sie hatte ihn sich oft genug vorgestellt, doch in ihrer Fantasie hatte er ganz anders ausgesehen.

Er begann, ihr Kleid aufzuknöpfen. „Das will ich tun, seit ich dich zum ersten Mal getroffen habe."

Sie betrachtete seine Hände. „Wirklich? Meine Mutter sagt, ich sehe aus wie eine alte Jungfer."

„Hmm. Nun, ich wollte noch nie eine alte Jungfer ausziehen. Es ist sehr erotisch."

Olivia beugte sich näher zu ihm, um seine Weste zu öffnen. „Ich habe noch nie auf einem entblößten Mann gesessen. Ich wage zu behaupten, das ist sehr erotisch."

Sie lehnte sich vor, bis sie sich berührten. „Ich glaube, mir gefiele das besser, wenn wir beide nackt wären."

„Das lässt sich einrichten." Er drehte sich mit ihr herum und legte sich zwischen ihre Beine.

Dann streichelte er an ihren Schenkeln hinauf, glitt mit den Händen unter ihr Kleid, schob es bis zu ihrer Taille hoch. Sündhaft grinsend liebkoste er ihre Locken. „Du genießt das, nicht wahr? Du fühlst dich schon ganz feucht an."

„Nathaniel!"

Er lachte leise und beugte sich vor, um sie zu küssen, wobei er sich an ihr rieb. Ihr stockte der Atem und sie verzehrte sich nach ihm. Seine Zunge fuhr über ihre Lippen, drang langsam in ihren Mund, um mit ihrer zu tanzen. Er schmeckte warm und feucht.

„Leg deine Beine um meine Hüften."

Als sie das tat, versank er in ihr. Sie keuchte auf, packte seine Haare.

Reglos beobachtete er sie. Nach einer Weile begann er, sich langsam zu bewegen, fand einen Rhythmus, der sie weiter öffnete, und drang tiefer in sie ein.

Sie stöhnten beide und Olivia fragte sich, ob vor Schmerz oder vor Vergnügen. Er war unerträglich groß.

Nathaniel hielt einen Moment inne, damit sie sich entspannen konnte, und sie atmete tief durch.

„Ich habe nie zuvor eine Jungfrau in die Liebe eingeführt", murmelte er. „Du bist so unfassbar eng."

Sie stieß empört den Atem aus. „Sir, ich denke, das ist allein deine Schuld. Du scheinst unfassbar groß. Ja, fast kolossal."

Nathaniel stützte sich auf die Ellbogen und zwinkerte ihr zu. „Ich wollte mich nicht beschweren, Olivia. Ich genieße das viel mehr, als ich sollte."

„Oh."

Er küsste sie leidenschaftlich und bewegte sich erneut, bis er sich widerstandslos ganz mit ihr vereint hatte.

Schwer atmend hielt er still. „Habe ich dir wehgetan?"

Sie schüttelte den Kopf, unfähig zu sprechen. So nah war sie noch nie im Leben einem anderen Menschen gewesen. Er war ein Teil von ihr und sie musste sich fragen, ob er das nicht auf immer bleiben würde. Diesen Moment würde sie nie vergessen. Sie würde nie vergessen, wie erhitzt und erregt sie sich fühlte.

Olivia wand sich unter ihm, spürte minimale Bewegungen in sich, und er stöhnte auf.

„Gütiger Gott, das wird eine sehr kurze Lektion."

„Bist du verletzt, Nathaniel?"

Er entzog sich ihr und sie konnte einen Seufzer des Bedauerns nicht zurückhalten. War das etwa schon alles?

Doch zu ihrer Überraschung eroberte er sie plötzlich erneut.

„Olivia … ich kann nicht … ich schwöre …"

Er bewegte sich schneller und Olivia packte seine Arme. Ein warmes Prickeln breitete sich in ihr aus. Sie keuchte, rang nach Luft. Noch ein letztes Mal stieß Nathaniel tief in sie und zog sich dann schnell ganz aus ihr zurück.

Sein Kopf sank auf ihre Brust und er schnappte nach Luft. Olivia blickte zu den Sternen hinauf. Ihr war warm und sie fühlte sich seltsam beraubt, jetzt, da er nicht länger in ihr war, obwohl sie sehen konnte, dass dieses Erlebnis Nathaniel viel mehr Vergnügen bereitet hatte als ihr. Sie begriff jetzt, warum er kein Geld gewollt hatte.

„Es tut mir leid, Olivia."

Er legte sich neben sie, eine Hand ruhte auf ihrem Bauch.

„Das ist schon in Ordnung. Ich hätte es zwar vorgezogen, dich nackt zu sehen, aber es war trotzdem schön."

Er betrachtete sie. „So habe ich das nicht gemeint."

Sanft liebkoste er ihre Locken, kitzelte sie. Langsam wanderte seine Hand tiefer und ein Schauer lief durch sie hindurch. Zärtlich liebkoste er sie mit den Fingern, die Berührung sandte ein Prickeln der Erregung durch ihren Körper.

„Mir wird wieder ganz warm, Nathaniel."

Er küsste sie stürmisch, seine Zunge imitierte seine früheren Bewegungen in ihr. „Gut."

Olivia hielt den Atem an. „Oh! Nathaniel!"

„Komm für mich, Olivia."

Ihr ganzer Körper versteifte sich plötzlich, immer schneller und heftiger neckte er sie, bis sich jeder Muskel in ihrem Körper zusammenzog und eine pulsierende Hitzewelle sie ergriff und wie ein Feuerwerk in ihr explodierte. Unwillkürlich krümmte sie die Zehen und stieß ein leises Stöhnen aus, während ihr Innerstes vor Ekstase vibrierte.

Benommen sank sie auf die Decke zurück, den Blick zum Nachthimmel gerichtet.

Schließlich sagte Nathaniel: „Ich glaube kaum, dass ich dir in einer Nacht alles beibringen kann, was du lernen möchtest, Olivia."

Sie war zu entspannt, um auch nur den Kopf zu drehen, aber sie stimmte ihm zu. „Allerdings, Nathaniel. Die Kunst der Verführung erfordert ein längeres Studium."

„Es scheint, als würden wir fast immer übereinstimmen, meine Liebe."

„Fast immer."

Er kniete sich zwischen ihre Beine.

Olivia blickte ihn überrascht an. „Noch einmal?"

„Es sei denn, du möchtest nicht?"

Sie streckte sich, und ein Lächeln erhellte ihr Gesicht. „Ich möchte. Aber vielleicht könntest du deine Stiefel ausziehen?"

„Aber sicher.“

Als Olivia aufwachte, strömte Sonnenlicht durch ihr Fenster, Vögel sangen ihre Lieder und der Geruch von Bratwürstchen lockte sie.

Sie streckte sich und lächelte.

Was für ein herrlicher Morgen.

Ihre Mutter klopfte an die Tür und bat sie aufzustehen. „Was, wenn Mr Jenkins heute Morgen vorbeischaut, Livvy? Ich möchte ihm nicht sagen müssen, dass du noch im Bett liegst.“

Olivia bezweifelte, dass ihn das schockieren würde.

„Ich bin schon auf, Mama, ich komme gleich hinunter.“

Sie sprang aus dem Bett, fiel dabei fast zu Boden und stöhnte auf, da alle Muskeln ihres Unterleibs protestierten. Lieber Himmel, war sie wund!

Sie zuckte auch beim nächsten Schritt zusammen und verfluchte sich schweigend. Wie sollte sie sich in Gegenwart ihrer Eltern unauffällig verhalten, wenn es sich anfühlte, als könnten ihre Beine jeden Moment nachgeben! Wie sollte sie die verdammte Treppe hinunterkommen, ohne sich selbst dabei umzubringen!

Niemand hatte je diesen winzigen Nebeneffekt erwähnt, vielen Dank auch. Dass ihr Unterleib ein wenig wund wäre, das hatte sie erwartet, aber ihr Rücken war um vieles schlimmer dran. Vielleicht war der harte Boden der Terrasse daran schuld.

Ihre nächste Lektion würde auf einem etwas weicheren Untergrund stattfinden müssen.

Olivia zog sich langsam an, streckte die missbrauchten Muskeln und betete darum, dass ihre Eltern nicht auf den ersten Blick erkennen würden, dass sie ihre Jungfräulichkeit verloren hatte.

Wenn ihr Geheimnis offenbar wurde, war sie eine ruinierte Jungfer, herzlichen Dank.

Die Treppe bereitete ihr Schwierigkeiten. Sie klammerte sich an das Geländer, stöhnte bei jedem Schritt und war dankbar, dass niemand sie so sah.

Ihre Mutter und ihr Vater saßen bereits am Tisch beim Frühstück, als sie eintrat. Da sie unglaublichen Hunger verspürte, lud sie sich den Teller voll und saß dann steif auf ihrem Stuhl.

Ihre Mutter blickte kurz zu ihr. „Fühlst du dich nicht wohl, Olivia? Ich hoffe, du hast dich nicht erkältet. Die Aufmerksamkeit eines Mannes ist sehr unbeständig und es wäre nicht gut, Mr Jenkins' Interesse jetzt zu verlieren."

Olivia konzentrierte sich auf ihr Rührei. „Ich bin nicht krank. Ich bin letzte Nacht auf meinem Stuhl eingeschlafen und fühle mich ein wenig steif."

Ihr Vater musterte sie über seine Brille hinweg. „Soll ich Haskins mit dir hinausschicken, mein Schatz? Ich weiß, du magst keine Gesellschaft, aber wir sind hier nicht auf dem Land. Selbst wenn du auf dem Dach bist."

„Nein, Papa. Ich werde nicht noch einmal einschlafen, glaub mir."

Ihre Mutter seufzte. „Ich weiß ja nicht, was Mr Jenkins zu deinen nächtlichen Unternehmungen sagen würde." Sie deutete mit der Gabel auf ihre Tochter. „Du bist kein normales Mädchen, Olivia."

Olivia hielt ein Lachen zurück. „Ich denke, das weiß er bereits, Mama. Ich versuche nicht, mich zu verstellen."

„Wie auch immer, verrate ihm nicht, dass wir dich nachts allein hinausgehen lassen. Mich schaudert, wenn ich an den Skandal denke, den das auslösen würde. Besser, wenn er das erst nach der Hochzeit herausfindet.“

Sieben

Fast eine Woche war vergangen, seit Nathaniel in jener Nacht zu ihr gekommen war, und Olivia fühlte sich ruhelos. Angespannt. Ungeduldig.

Oh, sie sah ihn so gut wie jeden Tag. Er kam sie regelmäßig besuchen, er tanzte immer wieder mit ihr und alle in der Familie bezeichneten ihn als ihren Mr Jenkins.

Sie weigerte sich, sich irgendwo anders öffentlich mit ihm sehen zu lassen, und hatte versucht, ihn auf einen Tanz pro Abend zu beschränken. Aber sie konnte ihm schwerlich einen zweiten verweigern, insbesondere wenn er sie vor ihrer versammelten Familie dazu aufforderte.

Sie hatte sich bemüht, ihm zu erklären, sie tue das alles, um seinen Ruf zu schützen, aber er hatte nur gelacht. Bei all seinen zur Schau gestellten Aufmerksamkeiten kam sie nicht umhin, ein wenig aufgeregt und beunruhigt zu sein.

Doch wenn ihr Mr Jenkins sich nicht bald auf ein privates Rendezvous einließ, würde sie schreien.

Olivia atmete tief durch und lächelte Mary zu. Jetzt war

ihr klar, warum Nathaniel gezögert hatte, sie in den Liebesakt einzuführen. Mit Tänzen und Küssen gab sie sich nicht mehr zufrieden. Sie wollte mehr. Brauchte mehr. Kein Wunder, dass man junge Frauen mahnte, ihre Tugend zu bewahren, bis sie verheiratet waren. Kaum auszudenken, wenn junge Frauen, von ihren Trieben überwältigt, den Männern hinterherrennen würden, sie zu Fall brächten und sich nach Lust und Laune mit ihnen vergnügten.

Sie sah, wie Nathaniel den Saal betrat, und hielt sich davon ab, auf ihn zuzurennen wie eine liebestolle Idiotin. Sie lächelte erfreut, als er ihren Blick erwiderte, und ignorierte ihr schnell pochendes Herz, als er sich den Weg zu ihnen bahnte.

„Mrs Eliot, Miss Blakesley."

„Mr Jenkins."

„Hätten Sie den nächsten Tanz noch frei?"

Olivia blickte ihn finster an. „Wirklich, Na… Mr Jenkins. Sie können mich nicht sofort zum Tanz auffordern, kaum dass Sie zur Tür hereingekommen sind. Drehen Sie eine Runde, mischen Sie sich unter die Gäste. Sie bieten den Leuten zu viel Anlass zum Tratschen."

Mary verbarg ein Lachen hinter ihrem Fächer. „Werden Sie oft von den Frauen ausgeschimpft, deren Gesellschaft Sie suchen, Mr Jenkins? Ich bin überrascht, wie gelassen Sie den Tadel meiner Schwester hinnehmen."

Er lächelte. „Ich nehme mir das nicht zu Herzen, Mrs Eliot. Sie besteht darauf, meinen guten Junggesellenruf zu bewahren, obwohl ich das Ledigsein nicht genieße. Wenn sie meine Gesellschaft nicht so liebreizend begrüßen würde, sobald sie sich nicht um das Urteil anderer sorgen muss, würde ich sie in Ruhe lassen."

„Meine Schwester soll liebreizend sein und sich um das

Urteil anderer sorgen?“

Mary sah Olivia an und lächelte so glückselig, dass Olivia schauderte. Ihre Mutter würde nur einen Blick auf Mary werfen müssen, um anzunehmen, dass Nathaniel ihr an Ort und Stelle einen Antrag gemacht hatte.

Mary seufzte. „Oh, Olivia.“

Olivia wandte sich von ihr ab. „Oh, bitte. Gehen wir tanzen.“

Nathaniel lachte leise und bot ihr seinen Arm.

„Nathaniel, mit all diesen Albernheiten erklärst du mehr oder weniger deutlich deine Absichten. Meine Familie wird tief enttäuscht sein, wenn nichts daraus wird.“

„Vielleicht wird ja etwas daraus.“

Ihr Gesicht verdunkelte sich vor Zorn. „Wir wissen beide, dass das nicht stimmt. Wir haben eine Vereinbarung. Du hältst dich nicht an deinen Teil.“

„Ich dachte, dich zu umwerben und zu gewinnen wäre ein Teil davon.“

„Du hast um mich geworben und mich gewonnen. Jetzt hör damit auf.“

„Da frage ich mich, warum ich mich nicht wie ein Gewinner fühle.“

Olivia murmelte: „Das liegt daran, dass du nicht allen deinen vertraglichen Pflichten nachkommst.“

Ein teuflisches Lächeln erhellte sein Gesicht, und Olivia stolperte fast über die eigenen Füße.

„Du meinst, ich vernachlässige einen gewissen Aspekt deiner Bildung, Olivia?“

Sie entschied sich, ihn besser zu ignorieren, statt zu riskieren, wie ein verliebter Trottel dazustehen, und wurde komplett davon überrascht, dass sich ihr Mund wie von selbst öffnete. „Eine Woche!“, zischte sie.

„Mir ist es wie eine Ewigkeit vorgekommen.“

Sie fühlte sich ein wenig besänftigt. „Warum bist du dann nicht gekommen?“

„Um dir Zeit zu geben, Olivia. Du warst danach ziemlich wund.“

„Das stimmt, aber das ist schnell vergangen.“

„Und dann, weil ich dich besuchen wollte.“

Darüber grübelte sie einen Moment lang nach. „Du bist nicht vorbeigekommen, weil du mich besuchen wolltest?“

„Es klingt dämlich, wenn du es so sagst, aber mir gefällt es nicht, wenn meine Leidenschaften außer Kontrolle geraten.“

„Ah. Ja.“ Sie lächelte. „Ich verwandele die meisten Männer in meiner Umgebung in hemmungslose Monster.“

„Mich machst du zu einem.“

Sie lachte. „Ich glaube dir nicht, aber das ist eine hübsche Entschuldigung.“

„Es ist die Wahrheit, aber wenn du das nicht glauben willst, dann lass uns von Entschuldigungen zu Plänen übergehen.“

Ihr wurde flau. „Pläne? Dann hast du dein Monster unter Kontrolle?“

Er schüttelte den Kopf. „Ich fürchte, es wird eine lange Zeit die Kontrolle über mich haben. Aber das kümmert mich nicht mehr.“

„Also dann, wann darf ich dein hemmungsloses Monster erwarten?“ Und warum, oh warum, war dieser Gedanke so aufregend? Nathaniel, so im Griff seiner Leidenschaft, dass er alle Kontrolle verlor?

„Vielleicht bekomme ich es heute Nacht so weit gezügelt, dass es dich nicht erschreckt.“

„Bitte nimm keine Rücksicht auf mich. Ich bin womöglich daran interessiert, ihm zu begegnen.“

Nathaniel hustete und geriet kurz aus dem Rhythmus. „Gütiger Gott.“

Und zum ersten Mal in ihrem Leben kicherte Miss Olivia Blakesley.

Mr Nathaniel Jenkins war im Laufe der quälenden vergangenen Woche zu der Erkenntnis gekommen, dass Olivia Blakesley die Frau war, auf die er gewartet hatte. Die er heiraten wollte. Nie zuvor war er einer Frau begegnet, die ihn mehr faszinierte. Die ihn mit ihren Gedanken und Schlussfolgerungen überraschte. Die ihn mit der teuflischen Wahl ihrer Kleider quälte.

Er war nicht dafür gemacht, irgendein junges Mädchen zu heiraten, das die Farbe Orange für elegant hielt. Er bevorzugte gedämpfte Farben. Er zog hochgeschlossene Kragen tiefen Ausschnitten vor. Er mochte Gespräche lieber als Debatten. Er mochte Olivia.

Er wollte sie heiraten. Sie waren füreinander geschaffen. Er musste nicht im Geringsten befürchten, dass sie mit ihren Tagen, ihrem Leben nichts anderes anzufangen wüsste, als ihn zu umhegen, oder von ihm verlangte, sie zu verwöhnen. Sie hatte eigene Interessen. Besser noch, sie hatte eigene Interessen, die ihn kein absurdes Vermögen kosten würden.

Natürlich würde er sie auch heiraten, wenn sie von ihm verlangte, eine Sternwarte zu bauen, doch er hielt das für sehr unwahrscheinlich.

Sie war leidenschaftlich. Sehr viel leidenschaftlicher, als er es von einer anständig erzogenen Frau der Gesellschaft erwartet hatte.

Sie zeigte mehr Neugier als jede andere Frau, die er kannte. Er würde sich anstrengen müssen, um sie zu befriedigen, sie zu faszinieren. Er wollte nicht, dass sie auf den Gedanken kam, sich andere Männer zu kaufen.

Es war ein finsterer Moment, in dem er sich fragte, ob sie mit demselben Vorschlag auf irgendeinen jungen Hengst zugehen würde, wenn er sie nicht länger zufriedenstellen konnte. Er schüttelte den Kopf. Reine Verzweiflung hatte sie zu dieser Tat getrieben, und sie war mindestens siebenundzwanzig. Es war nicht so, als hätte sie wahllos fremden Männern unsittliche Anträge gemacht, seit sie in die Gesellschaft eingeführt worden war.

Seine frühere Vision einer kalten Pflichtehe starb in ihrer Nähe. Kein Wegschleichen, um Liebe bei einer Mätresse zu finden oder geistreiche Gespräche in seinem Club. Es fiel ihm leicht, sich Jahre voller Glück vorzustellen, mit ihr auf dem Land, voller Streitlust und Gelächter.

Ja, Olivia war perfekt. Und zum Glück bereits die Seine.

Sie waren füreinander bestimmt.

Dieses Mal hatte Olivia für die Decke gesorgt und sie ging daneben auf und ab, während sie auf ihn wartete. Seit einer Woche wartete sie jede Nacht auf ihn. Jedes Mal, wenn er nicht aufgetaucht war, hatte sie sich lächerlich gefühlt. Wären da nicht seine Aufmerksamkeiten bei Tageslicht gewesen, hätte sie angenommen, dass er sein Vergnügen gehabt hatte und fertig mit ihr war. Zugegeben, er hatte seine Pflichten erfüllt. Sie sollten das Ganze beenden.

Aber sie wollte nicht.

Als er gesagt hatte, eine körperliche Beziehung würde alles verändern, hatte sie gedacht, er würde übertreiben. Vielleicht lag es schlicht daran, dass das alles neu für sie war, aber sie erwischte sich dabei, wie sie den ganzen Tag lang an ihn dachte. Wenn er ihr nah war und sie seinen Duft wahrnahm, glaubte sie, vor Verlangen ohnmächtig zu werden. Es war beschämend! Ausgerechnet sie. Überwältigt von Leidenschaft.

Olivia stieß laut den Atem aus, als er endlich zu ihr kam. Die Nacht war kühl, und sie war froh, dass sie nicht lange auf ihn hatte warten müssen, auf seine Hitze.

Nathaniel ging auf ein Knie nieder und zauberte einen Blumenstrauß hinter seinem Rücken hervor.

Olivia trat einen Schritt zurück. „Was hast du vor?“

„Ich bitte dich, mich zu heiraten.“

„Oh, Nathaniel. Ich kann dich nicht heiraten.“

Nathaniel starrte sie an. „Wie bitte? Hast du dich mit einem anderen verlobt, während ich nicht hingesehen habe?“

Olivia runzelte die Stirn. „Natürlich nicht. Aber du fühlst dich doch nur schuldig, weil du mir meine …“

„… Jungfräulichkeit genommen hast?“

„Meine Unschuld.“

„Wie du selbst gesagt hast, Olivia, du bist keine Unschuld gewesen. Unerfahren ja, und das habe ich korrigiert, aber du bist definitiv keine Unschuld gewesen.“

Das stimmte. Aber trotzdem konnte sie nicht umhin, seinen Antrag für einen Fehler zu halten, und schob sein Handeln auf sein Ehrgefühl. Sicher dachte er, dass er ihr die Aussicht auf eine Ehe ruiniert hatte, und machte ihr daher aus reinen Schuldgefühlen einen Antrag.

„Nathaniel, ich kann dich nicht heiraten."

„Warum nicht? Wir passen hervorragend zueinander."

„Ich wäre eine furchtbare Ehefrau für dich. Ich war zu lange allein."

Nathaniel schüttelte den Kopf.

„Doch, war ich. Nicht einmal du würdest mir gestatten, mich in jeder klaren Nacht hinauszuschleichen."

„Nun …"

„Und was ist mit Kindern? Ich bin mir nicht sicher, ob ich zur Mutter geeignet bin. Ich mag es nicht, ständig abgelenkt zu werden."

„Olivia …"

„Mir gefällt es, Tante zu sein, das stimmt. Aber am Ende des Tages kann ich heimgehen. Wenn sie sich die kleinen Zehen irgendwo anstoßen, kommen sie nicht zu mir gerannt."

„Olivia, so wenig ich das erwähnen möchte, aber wir waren intim. Du könntest bereits mein Kind in dir tragen."

Olivia starrte ihn empört an. „Ich dachte, du hättest Vorsichtsmaßnahmen ergriffen!"

Nathaniel zuckte mit den Schultern. „Die Möglichkeit besteht trotzdem."

Sie setzte sich schweigend, dachte darüber nach. Schließlich schüttelte sie den Kopf. „Ich glaube nicht."

„Und du hast recht, ich würde dich nicht in jeder klaren Nacht hinauslassen. Das ist zu gefährlich, und ich kann nicht glauben, dass dein Vater dir das erlaubt."

„Das habe ich dir doch erklärt."

„Aber ich würde dir einen Turm bauen. Eine Sternwarte, in die du dich zurückziehen könntest, in der du aber sicher wärst."

Sie starrte ihn an, wusste nicht, ob sie über die Idee

lachen oder davon hingerissen sein sollte. Er hatte darüber bereits nachgedacht?

„Eine Sternwarte?“

„In der deine Staffeleien schon bereitstehen – ein Stuhl, Decken. Du könntest einfach dort hinaufgehen und ich müsste mich nicht sorgen.“ Er lachte. „Und ich hatte mir bereits dazu gratuliert, eine sparsame Frau gefunden zu haben.“

Olivia schüttelte den Kopf. „Das wäre nicht dasselbe.“

„Es wäre besser.“

„Ich helfe meinem Vater gern mit dem Anwesen. Um ehrlich zu sein, er hat sich seit fünf Jahren nicht mehr um die Bücher gekümmert.“

„Ich sehe keinen Grund, weswegen du damit aufhören solltest. Ganz ehrlich, mich würden deine Einsichten zu meinen Anwesen interessieren.“

Sie schüttelte den Kopf. „Ich bin so frei, wie eine Frau nur sein kann. Mein Leben ist genau so, wie ich es möchte.“

Er nahm ihre Hand. „Wenn ich mit dir zusammen bin, erscheint mir meine Zukunft nicht mehr so finster. Wenn ich mit dir zusammen bin, ist das Leben bunt und wunderbar. Geht es dir nicht auch so?“

Traurig flüsterte sie: „Nathaniel ...“

Er gab ihre Hand frei. „Denk darüber nach, Olivia. Wir sind perfekt füreinander geschaffen.“

Sie schüttelte den Kopf. „Das ist unmöglich. Vielleicht könnten wir einfach so weitermachen wie bisher.“

Nathaniel erhob sich und trat einen Schritt zurück. „Nicht auf Dauer. Eines Tages werden wir beide der Heimlichkeiten müde werden.“ Er deutete auf die Terrasse. „Wir werden der geschundenen Rückseiten müde werden.

Wir werden es müde werden, uns am Ende jeden Tages zu trennen."

Olivia sagte nichts, sah ihn nur mit traurigem Blick an.

Er schickte sich an zu gehen und sie erhob sich schnell von ihrem Stuhl. „Willst du nicht hierbleiben heute Nacht?"

Er schüttelte den Kopf. „Ich bin gekommen, um dir die Sterne zu bieten, und du willst nur den Mond. Ich werde mich nicht mit weniger zufriedengeben, Olivia."

Acht

Am nächsten Morgen besuchte Nathaniel seine Mutter. Er warf sich auf einen Stuhl und sank in sich zusammen.

„Guten Morgen, Nathaniel."

„Mutter. Sei gefasst, ich werde heiraten."

„Halleluja. Ich vermute, es ist Miss Blakesley?"

„Deine Vermutung ist korrekt. Wie auch immer, da gibt es noch ein kleines Problem."

„Und du bittest mich um Hilfe?", fragte seine Mutter. „Wie seltsam. Fühlst du dich nicht gut, mein Lieber?"

„Nein. Meine zukünftige Braut ist widerspenstig und will mir ganz und gar nicht zuhören."

„Hmm. Du hast eine gute Wahl getroffen. Mir wäre der Gedanke zuwider, dass du dich mit einer Frau abgibst, die dir jeden Wunsch brav erfüllt."

Nathaniel neigte den Kopf. „Danke sehr. Also, wirst du mir helfen?"

„Natürlich. Eine Frau kann immer noch mehr Enkelkinder gebrauchen."

Nathaniel murrte leise vor sich hin. Er hatte keine Ahnung, woher die Vorstellung kam, dass Frauen das schwächere Geschlecht waren. Sie taten immer genau das, was sie wollten.

„Zuerst muss ich allerdings sicherstellen, dass deine Auserwählte dich auch heiraten möchte“, fuhr seine Mutter fort. „Mir würde es missfallen, Miss Blakesley in die Ehe zu zwingen, wenn sie dich nicht lieben sollte und für ein Scheusal hält.“

„Ich danke dir erneut, Mutter. Warum bitte ich nicht gleich noch Barters, mir in den Rücken zu stechen?“

„Dein Kammerdiener würde so etwas niemals tun, selbst wenn du ihn darum anbettelst. Blut lässt sich nur sehr schwer aus Kleidung herausbekommen.“ Sie durchbohrte ihren Sohn mit ihrem forschenden Blick. „Warum hat Miss Blakesley deinen Antrag abgelehnt?“

„Ich weiß nicht. Doch, ich weiß es. Weil sie in der Vergangenheit zu viele Freiheiten hatte. Sie behauptet, sie wäre eine furchtbare Ehefrau für mich.“

„Hmm. Hast du in Betracht gezogen, dass sie dich nicht lieben könnte, Nathaniel? Ich möchte nicht grausam sein, aber vielleicht war sie einfach nur taktvoll.“

„Olivia? Taktvoll? Das Wort kennt sie gar nicht. Wenn sie mich nicht heiraten wollte, hätte sie mir das ins Gesicht gesagt und mich als ungebildete Kröte bezeichnet.“ Er seufzte. „Sie hat fast geweint, als sie meinen Antrag abgelehnt hat. Sie ist einfach nur starrsinnig.“

Seine Mutter nickte zufrieden. „Ich werde einen Besuch machen. Wie sagt man das beim Militär? Ich werde meine Streitkräfte zusammenrufen. Es gehört zu den Pflichten einer Mutter, dafür zu sorgen, dass ihre Kinder heiraten.“

Sie streckte Nathaniel eine Hand hin und er erhob sich

schnell.

„Sollen wir eine Hochzeit im Herbst planen?“, fragte sie.

„Ich würde den Sommer vorziehen. Vielleicht bemühe ich mich um eine Sondergenehmigung. Oder entführe sie nach Gretna Green. Ich brauche nur etwas Seil und einen Knebel.“

Sie schüttelte den Kopf. „Nein, Nathaniel. Ich habe nur zwei Kinder und ich lasse es mir nicht nehmen, auch dir eine große Hochzeit auszurichten, so wie deiner Schwester. Überlass Olivia mir.“

„Ich danke dir, Mutter. Ich wusste, ich kann auf dich zählen.“

„Natürlich, mein Lieber. Dafür sind Mütter schließlich da.“

„Mrs Anne Jenkins möchte Ihnen ihre Aufwartung machen, Madam.“

Mrs Blakesley fuhr sich nervös über ihre Haube und zupfte an ihrem Schultertuch. „Anne Jenkins? Bitten Sie sie herein, bitten Sie sie herein. Oh, Himmel!“

Was um alles in der Welt wollte Mrs Jenkins hier, zu dieser Stunde?

Die Hauswirtschafterin führte Mrs Jenkins herein, und Mrs Blakesley erhob sich. „Mrs Jenkins.“

„Mrs Blakesley. Entschuldigen Sie, dass ich Sie zu dieser unzeitigen Stunde störe, aber ich fürchte, es handelt sich um einen Notfall.“

„Natürlich, natürlich. Bitte, setzen Sie sich.“

„Ich danke Ihnen.“ Mrs Jenkins nahm Platz, gönnte der Einrichtung kaum einen Blick und hielt sich auch nicht mit höflichen Floskeln auf. „Mrs Blakesley, Sie sind sich sicherlich der Verbundenheit unserer Kinder bewusst."

Mrs Blakesley nickte. Dann schlug sie sich eine Hand vor die Brust und riss die Augen weit auf. „Sagen Sie mir nicht, dass die beiden weggelaufen sind, um in Gretna Green zu heiraten, Mrs Jenkins! Oh, was für ein Skandal!"

„Sie sind nicht nach Gretna Green durchgebrannt."

„Oh. Dann verraten Sie mir, um was für einen Notfall es sich handelt."

„Vielleicht habe ich voreilig gesprochen. Wie dem auch sei, da ist eine Sache, die unsere Aufmerksamkeit verdient. Es ist unsere Pflicht, unsere Kinder günstig, glücklich und wenn möglich vor unserem Tod zu verheiraten. Darin müssen Sie doch mit mir übereinstimmen, Mrs Blakesley."

Mrs Blakesley hielt den Atem an und bemühte sich, ihren wachsenden Ärger zu unterdrücken. „Gewiss, darin stimme ich Ihnen zu, Mrs Jenkins. Und ich denke, diese Verbindung wäre günstig und glücklich für beide Seiten."

„So sehe ich das auch. Deshalb müssen wir uns zusammentun und dafür sorgen, dass die beiden heiraten."

Mrs Blakesley blinzelte. „Entschuldigen Sie, Mrs Jenkins. Für einen Moment habe ich geargwöhnt, dass Sie meine Tochter als unwürdig bezeichnen wollen."

„Oh, gute Güte. Natürlich nicht. Ich finde die Verbindung absolut perfekt. Miss Blakesley ist zwar nicht mehr so jung wie einige andere mögliche Partien, aber ich bin der Ansicht, das ist ohnehin besser für meinen Sohn. Er würde mit einem einfältigen Mädchen niemals glücklich werden. Was ich Ihnen mitteilen möchte, ist, dass mein Sohn Miss Blakesley bereits einen Antrag gemacht hat."

Mrs Blakesley drückte sich ihr Taschentuch vor den Mund und verbiss sich einen spitzen Aufschrei. „Alle meine sechs Töchter verheiratet! Oh, Mrs Jenkins, das ist ganz und gar kein Notfall!“

„Sie hat abgelehnt.“

„Wie bitte?“

„Miss Blakesley hat seinen Antrag abgewiesen.“

Mrs Blakesley zog die Brauen hoch und lehnte sich erschöpft zurück. „Meine Tochter hat den einzigen Heiratsantrag, der ihr jemals gemacht werden wird, abgelehnt?“

Mrs Jenkins nickte.

Sorgsam faltete Mrs Blakesley die Hände in ihrem Schoß. „Jetzt verstehe ich die Dringlichkeit der Situation, Mrs Jenkins.“

„Ich danke Ihnen. Wir haben beide Kinder, die länger unverheiratet geblieben sind, als man sich das wünscht. Ich habe die Absicht, das zu ändern.“

„Allerdings. Seien Sie sich meiner Hilfe gewiss.“

„Olivia.“

„Mama? Was ist passiert?“

„Ich hatte heute Besuch von Mrs Jenkins.“

Olivia blickte auf ihr Gemälde und verfluchte sich innerlich. Darauf hätte sie gefasst sein müssen. Nathaniel würde nicht so leicht aufgeben.

„Ich wusste gar nicht, dass du Mrs Jenkins kennst.“

„Natürlich sind wir miteinander bekannt, Olivia. Schließlich haben unsere Kinder ziemlich viel Zeit miteinander verbracht. Tatsächlich wird bereits über eine baldige Verlobung gemunkelt.“

Olivia seufzte. Was immer Mrs Jenkins ihrer Mutter erzählt hatte, Olivia fürchtete, es konnte nichts Gutes sein.

Die ruhige, monotone Stimme kündete schon davon.

„Das erscheint mir doch etwas verfrüht. Aber vielleicht beginnt der Klatsch bereits, wenn ein Mann eine Frau zum Tanzen auffordert."

Ihre Mutter lehnte sich vor, bis ihre Nase fast Olivias Wange berührte. „Es wäre nicht verfrüht, wenn du seinen Antrag angenommen hättest."

„Ah. Das ging schnell. Ich habe nicht erwartet, dass du so rasch davon erfährst." Oder Mrs Jenkins. Hatte Nathaniel ihr das erzählt? Alles?

Mrs Blakesley ging zu einem freien Hocker und zog ihn quer durch das Zimmer, bis zu Olivia. Sie lächelte gezwungen und setzte sich.

„Ich habe gedacht, Mr Jenkins hat die Zustimmung deiner Brüder gefunden. Hast du einen ernsthaften Mangel an seinem Charakter entdeckt?"

„Schwäger, Mutter", murmelte Olivia. „Gerade du solltest wissen, dass ich keine leiblichen Brüder habe." Die erzwungene gute Laune ihrer Mutter war furchterregender als ihr Ärger.

Mrs Blakesley ignorierte sie. „Hat er vielleicht eine Spielsucht?"

„Das bezweifle ich."

„Hat er die Beherrschung verloren und dir Angst gemacht?"

„Mr Jenkins? Bitte, Mutter. Er hat gewiss die Geduld mit mir verloren, aber niemals seine Beherrschung."

Ihre Mutter sah sie einen Moment lang an, dann richtete sie den Blick zum Fenster. „Er hat dich geküsst, nicht wahr?"

Olivia konnte ihr Erröten nicht verhindern. Sie senkte den Kopf und hoffte, ihre Haare versperrten ihrer Mutter den Blick auf ihr Gesicht.

„Oh, Olivia. Er hat es getan!“ Sie räusperte sich. „Die Leidenschaft eines Mannes ist nichts, was man fürchten muss, Livvy.“

Olivia stand der Mund offen und sie starrte ihre Mutter voller Entsetzen an. „Mut…“

„Nein, es war sicher nicht anständig von ihm, dich zu küssen, aber auch nicht vollkommen unerwartet. Er hat dich erschreckt.“

Vorsichtig legte Olivia den Pinsel auf der Staffelei ab. Vielleicht konnte sie sich aus dem Zimmer schleichen und sich ertränken?

Ihre Mutter fuhr fort: „Manchmal sind die Bedürfnisse eines Mannes wild und ungestüm, Livvy. Aber die Pflichten einer Ehefrau sind nicht immer Pflicht. Es ist möglich … die Umarmung eines Ehemanns zu genießen.“

Oh, gütiger Gott. „Mutter, bitte! Es besteht keine Notwendigkeit, dieses Thema zu erörtern. Mr Jenkins hat mich nicht erschreckt!“

Ihre Mutter seufzte erleichtert auf. „Gut, gut. Denn da gibt es wirklich nichts zum Fürchten.“

Olivia ergriff die Hände ihrer Mutter, in der Hoffnung, sie von weiteren peinlichen Versicherungen abhalten zu können. „Er hat mir keine Angst gemacht, Mutter. Und sollte ich heiraten, würde ich mich glücklich schätzen, ihn als Ehemann zu bekommen. Aber ich bin nicht zur Ehefrau geeignet. Ich wäre furchtbar! Ich mache, was ich will, und weder du noch Papa habt mich je davon abhalten können. Das ist keine gute Eigenschaft für eine Ehefrau. Das musst du zugeben.“

Ihre Mutter wirkte hin- und hergerissen zwischen der starrsinnigen Weigerung, die Wahrheit einzugestehen, und der sich zerschlagenden Hoffnung, alle ihre Töchter glücklich verheiratet zu sehen.

Olivia drückte ihre Hände. „Ich respektiere Mr Jenkins zu sehr, um mich ihm als Ehefrau aufzuzwingen."

„Vielleicht respektierst du ihn nicht genug, um ihn entscheiden zu lassen, welche Art von Ehefrau er haben möchte."

Olivia stand auf und räumte schnell ihre Farben und Pinsel weg. „Er sollte mich nicht wollen. Ich hätte ihn niemals auch nur ansprechen dürfen. Er ist ein guter Mann, ein anständiger Mann, ein ehrenhafter Mann! Und ich, liebe Mutter, bin eine Idiotin. Ich hätte das vorher wissen müssen."

„Was wissen müssen? Dass ein guter, anständiger Mann dich heiraten wollen würde? Natürlich will er das! Du hast einem Ehemann viele gute Eigenschaften zu bieten."

„Ach ja? Glaubst du, er möchte, dass ich ihm die Buchführung mache? Ich würde sicherlich meine Dienste anbieten, aber das heißt nicht, dass er mich heiraten muss. Ich bin, was ich bin, Mutter. Eine höchst außergewöhnliche alte Jungfer."

„Olivia Blakesley! Verwende diese abscheuliche Bezeichnung nicht in diesem Haus!"

„Das ist keine abscheuliche Bezeichnung. Und es ändert nichts an der Tatsache, selbst wenn du alle tadelst, die sie verwenden. Kannst du nicht sehen, was ich bin, wer ich bin? Ein Nichts! Ein Niemand! Fünf verheiratete Töchter sind genug! Ich bin glücklich! Mehr will ich nicht! Ich will Mr Nathaniel Jenkins nicht!"

Neun

Nathaniel war nicht überrascht, als seine Schwester in seine Bibliothek gestürmt kam. Er hatte sie viel früher erwartet.

„Nathaniel."

„Diana. Wie geht es dir?"

„Gut. Halt ihn mal, bitte." Sie drückte ihm seinen jüngsten Neffen in die Arme. „Er will sich nicht hinlegen lassen und besteht darauf, mir ins Ohr zu heulen."

Nathaniel hielt seinen Neffen gekonnt, wiegte den Jungen und schnitt ihm Grimassen, bis er aufhörte zu weinen. „Was hast du nur für eine gemeine Mutter, Jacob? Weiß sie denn nicht, dass du mit deinem Weinen nur nach einem Keks verlangst?"

„Oh, Mama weiß das. Seine Vorliebe für Kekse ist daran schuld, dass mir bald die Arme abfallen." Sie musterte ihn. „Sieht so aus, als wären dir in deiner Zukunft doch Kinder bestimmt, hmm?"

„Wenn es nach Mutter geht."

„Tut es doch immer“, sagte Diana. „Wenigstens findet das Mädchen ihre Zustimmung. Nicht das übliche schüchterne Mauerblümchen und keine, die nur auf dein Vermögen aus ist.“

„Nein. Olivia ist einzigartig.“

„Und schon älter? Ich habe immer gemeint, eine Ältere passt besser zu dir.“

„Ja“, sagte Nathaniel, „erstaunlich, wie alle zu dieser Schlussfolgerung kommen, nachdem ich die Richtige gefunden habe.“

„Ach, sei still. Wann lerne ich sie kennen?“

Nathaniel nahm dankbar einen Keks von seinem Butler entgegen und bot ihn dem plötzlich sehr aufmerksamen Jacob an. „Das ist schon besser, was, Kleiner?“

Diana beobachtete ihren Jüngsten, der glücklich seinen Keks knabberte. „Nur wenn du ihn nicht den ganzen Tag herumtragen musst.“

„Wo ist das Kindermädchen?“

„Hat uns verlassen. Er hat bereits vier verbraucht. Inzwischen biete ich schon drei freie bezahlte Tage an, um sie ein wenig länger zu behalten. Du hast meine Frage nicht beantwortet.“

Nathaniel grinste sie an. „Nicht? Nun, bestimmt hat Mutter dir schon davon erzählt.“

„Dass sie dich nicht heiraten will? Hast du dein beträchtliches Vermögen erwähnt?“

„Danke, Diana. Das wird das Problem sicherlich lösen.“

Sie zuckte mit den Schultern. „Wenn sie über fünfundzwanzig ist, verstehe ich nicht, worauf sie wartet. Vielleicht sorgt sie sich einfach nur um ihre ehelichen Pflichten.“

„Ich weiß nicht, worum sie sich Sorgen macht.“

„Mutter sagt, sie hat geweint, als sie dich zurückgewiesen hat."

Er schüttelte den Kopf. „Sie hat fast geweint. Hat Mutter dir irgendetwas nicht erzählt?"

„Sie hat mir nicht gesagt, wann ich sie kennenlerne."

„Ich glaube, sie ist heute Abend auf dem Ball der Mayes."

„Oh, wirklich? Was für ein außerordentlich glücklicher Zufall."

„Mach ihr keine Angst, Diana."

Sie schnaubte vornehm. „Ich nehme an, du hast ihre Schwestern nie kennengelernt. Sie hat fünf davon, hast du das gewusst? Die können alle gut für sich einstehen. Die älteste wurde im selben Jahr eingeführt wie ich. Und ich habe sie schon für ein Original gehalten, doch jede Schwester scheint die andere auf die ein oder andere Weise zu übertreffen. Ich bezweifle, dass Olivia Blakesley auch nur mit der Wimper zucken würde, gleichgültig, was ich sage."

„Trotzdem. Schließlich möchte ich, dass sie Teil der Familie wird und nicht schreiend vor ihr davonläuft."

Diana lächelte. „Dann hat sie Mutter noch nicht getroffen? Vielleicht hat Miss Blakesley abgelehnt, weil sie deine ernsthaften Absichten bezweifelt. Immerhin hat sie noch niemanden aus deiner Familie kennengelernt."

Nathaniel wischte Krümel von seinem Knie und bot Jacob einen weiteren Keks an. „Ich fürchte, sie wird bald erkennen, dass ich ihr den größtmöglichen Respekt gezeigt habe, indem ich meine Familie von ihr ferngehalten habe."

„Ich werde mich bemühen, sie nicht zu vergraulen, aber ich glaube wirklich nicht, dass du dir Sorgen machen musst. Ich habe volles Vertrauen, dass Miss Blakesley sich mir und Mutter gegenüber behaupten kann.“ Sie machte sich für den Abschied bereit und nahm Jacob auf den Arm, dann sah sie ihren Bruder mit hochgezogenen Augenbrauen an. „Dir gegenüber kann sie sich schließlich auch behaupten.“

Er verzog das Gesicht und stand auf, um sie auf die Wange zu küssen. „Das ist mein größter Charakterfehler – ich finde liebliche, gehorsame Frauen unerträglich langweilig.“

Sie lachte. „Dann solltest du dankbar sein, dass du solche nicht in deinem Leben hast. Bis heute Abend, liebster Bruder.“

Mary stürmte in Olivias Schlafzimmer, in ihrer Hand hielt sie den Schlüssel für die Tür. „Ein kleiner Trick, den ich von dir gelernt habe.“

Olivia funkelte sie an. „Geh weg. Diese Tür war aus gutem Grund abgeschlossen.“

„Ja, ich weiß. Damit du schmollen kannst. Oh, ich Arme. Man hat mir einen Antrag gemacht – welch ein Grauen. Wie soll ich das bloß überleben!“

„Zur Hölle mit dir, Mary. Dich will Mutter ja nicht in eine unpassende Ehe drängen.“

Mary setzte sich auf das Bett. „Dann liebst du ihn also nicht? Vergib uns. Wir haben alle gedacht, er hätte deine Zuneigung gewonnen. Ich vermute, er hat dasselbe gedacht.“ Sie musterte Olivia eingehend. „Sag mir, dass du ihn nicht liebst.“

„Ich liebe ihn nicht. Ich hätte die Sache früher beenden müssen, aber er ist bemerkenswert hartnäckig.“

„Und du bist eine erstaunlich gute Schauspielerin. Du

sollest auf der Bühne stehen."

„Muss ich mich denn in den ersten Gentleman verlieben, der Interesse zeigt?"

„Ich habe dich nie glücklicher gesehen. Ich habe noch nie eine so große Seelenverwandtschaft zwischen zwei Menschen gesehen wie bei euch. Es wirkt, als würdet ihr euch seit Jahren kennen, als wärt ihr miteinander aufgewachsen." Sie stand auf und nahm Olivia bei der Hand. „Olivia. Er ist derjenige, auf den du gewartet hast. Warum hast du Nein gesagt?"

„Ich habe ihn getäuscht", flüsterte Olivia. „Er ist nur geblendet. Eines Tages wird er aufwachen und seinen Fehler erkennen."

Mary umarmte sie fest. „Du Dummerchen."

Olivia wollte sich ihr entziehen, doch Mary gab sie nicht frei. „Er ist kein kleiner Junge, er ist ein erwachsener Mann. Ich würde meinen, er lässt sich nicht so leicht täuschen."

„Wie erklärst du dann diesen Wahn, hmm?"

Mary lachte. „Er liebt dich, du dumme Nuss!"

Sie schüttelte den Kopf. „Da sind wir geteilter Meinung."

„Fragen wir ihn."

Olivia schreckte entsetzt zurück. „Wie bitte?!"

„Er ist sicher heute Abend bei den Mayes. Da können wir ihn fragen, wie er so etwas Dummes tun konnte, wie dir einen Antrag zu machen."

„Du bist verrückt geworden."

„Ich glaube nicht, dass ich die Verrückte in diesem Zimmer bin."

Olivia deutete auf Mary. „Wage es nicht, mich in Verlegenheit zu bringen und ihn auch nur irgendetwas zu fragen."

„Ah, du machst dir also etwas daraus, was er über dich und deine Familie denkt? Faszinierend."

„Mary, versprich es mir."

Mary zuckte mit den Schultern und ging auf die Tür zu. „Dann wirst du mich heute Abend von ihm fernhalten müssen. Und Rufus auch." Sie lachte. „Das wäre noch schlimmer, meinst du nicht?"

Olivia hockte auf ihrem Bett, ohne etwas wahrzunehmen, stellte sich vor, wie Mary und Rufus Nathaniel bedrängten und seine Liebeserklärung verlangten. Sie flüsterte: „Ihr seid furchtbar."

Mary blieb an der Tür stehen. „Ich würde alles für eine glückliche Zukunft meiner Lieblingsschwester tun. Alles."

„Ich habe geglaubt, du wärst die Einzige, die immer auf meiner Seite steht."

„Vielleicht solltest du überlegen, warum ich das dieses Mal nicht tue. Vielleicht bist du diejenige, die falschliegt, Olivia." Sie winkte. „Bis heute Abend, meine Liebe."

Olivia streckte sich auf dem Bett aus. Zum ersten Mal in ihrem Leben fühlte sie sich von ihrer Familie im Stich gelassen, und diese Erfahrung gefiel ihr nicht im Geringsten.

„Ein Mr Edward Blakesley möchte Sie sehen, Sir."

Nathaniel zuckte überrascht zusammen. Er hatte mit ihrem Vater bisher nicht über seine Absichten gesprochen, weil er nicht sicher gewesen war, ob Olivia ihn jemals nehmen würde.

„Führen Sie ihn bitte herein."

Ihr Vater betrat das Arbeitszimmer, gekleidet wie der

Gentleman vom Lande, der er war. Auf seiner Nase saß eine Brille, das graue Haar war kurz geschnitten. Olivia schien mit ihrer gertenschlanken Figur nach ihm zu kommen.

Mr Blakesley erinnerte ihn an seinen eigenen Vater. Still, gelassen und bestimmt von den Frauen in seinem Leben. Nathaniels Mutter und Schwester hatten über das Haus seiner Kindheit geherrscht, und er konnte sich bei Mr Blakesley eine ähnliche Situation vorstellen. Er verspürte ein Aufflackern von Sympathie für den anderen Mann, der ebenfalls von starken Frauen umgeben war.

Mr Blakesley lächelte und ließ sich auf Nathaniels Aufforderung hin auf einem Stuhl nieder. „Danke, mein Junge. Wenn ein Mann erst einmal Großvater geworden ist, wird ihm jegliche Energie geraubt."

„Mein Vater hat etwas Ähnliches gesagt, als mein ältester Neffe auf die Welt kam."

„Es erinnert uns daran, wie lang unsere eigene Kindheit her ist." Mr Blakesley räusperte sich. „Wie ich gehört habe, haben Sie Absichten, was meine Tochter betrifft."

„Das stimmt, Sir. Es tut mir leid, dass ich noch nicht mit Ihnen gesprochen habe, doch in Anbetracht der Tatsache, dass sie mich abgewiesen hat, schien es mir geboten, zu warten."

Mr Blakesley lachte leise. „Ja. Darüber wollte ich mit Ihnen reden. Ich dachte, ich sollte Sie warnen. Wenn Olivia sich einmal etwas in den Kopf gesetzt hat, ist es nahezu unmöglich, sie davon abzubringen. Sie haben einen harten Kampf vor sich, fürchte ich."

„Ich habe bemerkt, dass sie ihre eigenen Wege geht."

„So lässt sich das sicherlich ausdrücken. Ich bin Vater von sechs Mädchen, Mr Jenkins. Sie haben alle ihre eigenen Persönlichkeiten und Eigenschaften, schon von Geburt an, wie es scheint. Ich liebe sie alle sehr. Aber ich muss gestehen, dass Olivia einen besonderen Platz in meinem Herzen hat. Es gibt nicht viele Menschen, die genau wissen, was sie wollen und was sie nicht wollen, und entschlossen ihren eigenen Weg verfolgen, so wie sie. Ich habe schon graue Haare darüber bekommen und ihre Mutter hat mehr als einmal einen schweren Schock deswegen erlitten."

Nathaniel lächelte. „Das kann ich mir gut vorstellen, Sir."

„Und ich würde nicht wollen, dass irgendwer Olivias Willen missachtet."

„Nein, Sir."

Mr Blakesley musterte ihn forschend. Schließlich nickte er. „Wie auch immer, niemand ist unfehlbar. Sie hat sich auch zuvor schon geirrt, und ich denke, sie liegt auch dieses Mal falsch. Olivia ist noch nie so glücklich gewesen, und das führe ich auf Sie zurück. Sie scheinen sie zu verstehen, und wir sollten uns alle glücklich schätzen, wenn es uns gelingt, einen Seelenverwandten zu finden."

Er erhob sich, doch er bedeutete Nathaniel, sitzen zu bleiben. „Ich werde Ihnen einen Rat geben, mein Junge. Zwang wird nur dazu führen, dass sie sich noch mehr in ihren Starrsinn verrennt. Aber sie wird zuhören und Hinweise sammeln, und wenn sie genug Beweise hat, wird sie ihre Meinung ändern. Geben Sie nicht auf. Haben Sie Geduld." Mr Blakesley zwinkerte ihm zu. „Davon werden Sie allerdings eine Menge brauchen."

Zehn

Auf dem Ball der Mayes herrschten eine ausgelassene Atmosphäre und dichtes Gedränge. Überall wurde gelacht und alle schienen bester Stimmung zu sein. Olivia konnte ihre finsteren Blicke jedoch nicht unterdrücken. Nie war sie schlechterer Laune gewesen. Ihr Kopf schmerzte bei jedem Schritt und unter jedem Takt der Musik. Mary hing an ihr wie eine Klette, und ihre Mutter beobachtete sie wie ein Falke, der eine Maus verfolgte. Was erwarteten die beiden von ihr? Dass sie durch den Garten flüchtete?

Sie war bloß hier, um die beiden davon abzuhalten, mit Nathaniel zu reden!

Nur nach etlichen Drohungen und unter Zwang war sie überhaupt hierhergekommen und jetzt führten sie sich auf, als wäre sie ihre Gefangene. Es war wirklich unerträglich.

Ganz abgesehen davon war sie Nathaniel seit Tagen nicht begegnet, nicht seit er den Verstand verloren und ihr einen Antrag gemacht hatte. Würde er überhaupt hier sein? Falls er kam, würde er sie dann ansprechen? Würde sie mit ihm reden?

„Miss Blakesley?“

Olivia fuhr herum und fand sich einer elegant gekleideten Frau gegenüber, der sie noch nie begegnet war.

„Sehr schockierend, ich weiß – wir sind einander nicht vorgestellt worden –, aber ganz ehrlich, ich bin zu ungeduldig, um solcherlei Höflichkeiten abzuwarten. Ich würde Ihnen gern ein paar Worte sagen.“

„Vielleicht enthalten ein paar dieser Worte auch Ihren Namen?“

Die Frau lächelte. „Ich habe Nathaniel ja gesagt, ich könnte Sie gar nicht verschrecken. Ich bin Diana Cracraft, seine Schwester.“ Sie nickte Mary zu, ließ jedoch Olivia nicht aus den Augen. Mary versuchte nicht einmal, ihr schadenfrohes Lächeln zu verbergen.

Olivia seufzte. „Oh. Sie sind hier, um mich zu bedrängen, Ihren Bruder zu heiraten?“

„Natürlich bin ich das. Er scheint ganz entzückt von Ihnen, trotz Ihrer Zurückweisung, und ich wollte mit eigenen Augen sehen, warum.“

„Ich verstehe wirklich nicht, warum er es für angemessen hält, aller Welt von meiner Ablehnung zu erzählen. Ich hätte gedacht, die meisten Männer behielten so etwas für sich.“

„Ah, nun, mein Bruder ist nicht wie die meisten Männer, nicht wahr? Außerdem hofft er darauf, Sie doch noch für sich zu gewinnen.“

Diana durchbohrte Olivia mit ihrem Blick, als wollte sie sie dazu bringen, ihre intimsten Geheimnisse auszuplaudern. Olivia starrte zurück und das Schweigen zog sich in die Länge, bis Diana schließlich ihre Niederlage eingestand und leicht lächelte.

„Gut, gut. Verraten Sie mir nicht, warum Sie abgelehnt haben. Das geht selbstverständlich nur Sie und meinen Bruder etwas an. Ich möchte Sie schlicht warnen. Wenn Sie Nathaniels Hand aus gutem Grund abgelehnt haben, halten Sie sich von ihm fern. Ich werde nicht zusehen, wie ihm das Herz gebrochen wird – er ist ein sehr sensibler Mann –, und er verdient es, zu heiraten und Kinder zu bekommen. Bald."

Olivia atmete tief durch. „Mich von Nathaniel fernhalten? Sagt die Schwester, die hergekommen ist, um mich wegen ihm zu behelligen."

Diana lachte. „Und wenn Sie keinen guten Grund haben, dann hören Sie auf, mit ihm zu spielen, und ich heiße Sie herzlich willkommen in der Familie. Ich versichere Ihnen, Mutter und ich sind gar nicht so furchtbar, wenn Sie uns erst einmal kennengelernt haben."

Diana tätschelte ihr die Hand, dann winkte sie einer Freundin im Gedränge. „Ah, da ist Emily Mayes. Ich muss ihr wirklich sagen, dass sie aufhören muss, sich diese grauenhafte Feder ins Haar zu stecken. Ich komme irgendwann diese Woche auf einen Schwatz vorbei, ja? Bis dahin, Miss Blakesley."

Olivia beobachtete, wie sich Nathaniels Schwester ihren Weg durch die Menge bahnte, dann fuhr sie sich mehrmals über die Haare und das Kleid. Sie fühlte sich, als wäre sie in einen heftigen Sturm geraten.

Kein Wunder, dass Nathaniel einen unerschöpflichen Vorrat an Geduld und Stärke zu haben schien. Seine Schwester hatte dafür gesorgt. Olivia schauderte bei dem Gedanken, seine Mutter zu treffen. Musste der Mann auch allen seinen Verwandten davon erzählen?

Aus dem Augenwinkel erspähte sie ihn. Sie drehte sich

um, ein wütendes Funkeln in den Augen, und ihr Temperament ging mit ihr durch. „Lass sofort meinen Arm los, Mary. Da ist jemand, den ich anschreien möchte."

Mary blickte sich um. „Soll ich mitkommen?"

„Nein, ich möchte dich nicht in seiner Nähe wissen."

Mary lachte und gab ihren Arm frei. „Grüß ihn von Rufus und mir. Ich denke, ich werde einen Plan aushecken, um seiner Schwester vorgestellt zu werden. Sie schien sehr interessant."

Olivia hielt ihren Schrei zurück und nutzte ihre Fluchtmöglichkeit. Sie folgte Nathaniel durch den Saal wie ein Jagdhund auf der Spur eines Fuchses. Er kam ihr auf halbem Wege entgegen.

„Olivia, du siehst hinreißend aus."

„Nathaniel, sag deiner Familie, sie soll mich in Ruhe lassen."

Er nahm ihren Arm und ging mit ihr am Rand der Tanzfläche entlang. „Wirst du belästigt, meine Liebe?"

„Wie du nur zu gut weißt. Deine Mutter hat sich mit meiner Mutter verschworen, deine Schwester ist erst vor wenigen Minuten über mich hergefallen, meine Familie gönnt mir keinen Augenblick der Ruhe. Das ist alles deine Schuld."

„Ich denke, du kannst mir die Aufmerksamkeiten deiner Familie nicht zur Last legen, aber ich gebe zu, dass meine Mutter und Schwester ziemlich einschüchternd sein können."

„Es ist deine Schuld. Wenn du nicht aller Welt von deinem Antrag erzählt hättest, wäre ich jetzt nicht der Mittelpunkt der Intrigen meiner Familie. Falls irgendwer von ihnen sich dir nähert, musst du dich schnellstens davonmachen. Ich fürchte, einige von ihnen sind verrückt geworden."

Er lachte. „Meine Liebe, du weißt schon, dass all das aufhören würde, wenn du nur Ja sagtest."

„Das war nicht Teil unserer Vereinbarung."

Er seufzte laut. „Ich weiß nicht, wie ich mich noch deutlicher ausdrücken soll, Olivia. Ich möchte eine neue Vereinbarung treffen."

Sie schniefte. „Unsere alte Vereinbarung hat gut funktioniert."

„Nicht für mich."

„Das ist wirklich sehr irritierend. Dir ist schon klar, dass es sonst die Frau ist, die eine Hochzeit nicht aus dem Kopf bekommen kann, während der Mann nur ein wenig Vergnügen sucht. Dieses Szenario habe ich wirklich nicht erwartet."

Nathaniel blieb abrupt stehen. „Meine Liebe, willst du damit sagen, dass ich gut genug fürs Vergnügen bin, aber nicht gut genug für die Ehe?"

Sie blickte ihn missbilligend an. „Natürlich will ich das nicht sagen. Mach dich nicht lächerlich."

„Ich versuche nur, dich zu verstehen. Du möchtest mich nicht heiraten, doch meine Gesellschaft scheint dich zu erfreuen. Ist es der Gedanke an eine Ehe mit mir oder der Gedanke an die Ehe ganz im Allgemeinen, der dich abschreckt?"

Sie drückte seinen Arm. „Ach, Nathaniel. Wenn ich jemals heiraten sollte, dann wärest du der einzige Mann, mit dem ich dieses Wagnis eingehen würde. Aber ich denke, eine Ehe würde mir nicht bekommen. Daher habe ich dich zurückgewiesen, um uns beiden Qualen zu ersparen."

Er dachte einen Moment lang still nach. „Dann sehe ich

nur zwei Wege aus unserer Zwickmühle."

Misstrauisch blickte sie ihn an. „Und die wären?"

„Nummer eins: Wir bleiben bei unserer bisherigen Vereinbarung, während ich dich zu einer neuen Vereinbarung zu überreden versuche."

„Und Nummer zwei?"

„Wir verabschieden uns, beenden jeden öffentlichen und privaten Umgang und sehen einander nie wieder."

In Olivias Bauch verknotete sich alles, und ihr Herz pochte schmerzhaft. „Das wäre vermutlich das Beste", flüsterte sie. „Auf dieses Ende haben wir uns schließlich zuvor verständigt, es würde ohnehin irgendwann kommen."

„Wenn es nach dir geht, ja."

„Mir gefällt dieser Weg ganz und gar nicht."

Nathaniel blickte zu ihr. „Mir auch nicht. Ich ziehe es bei Weitem vor, mit der Hoffnung zu leben, dich eines Tages davon überzeugen zu können, meinen ungeheuerlichen Antrag anzunehmen."

„Das sind die einzigen beiden Möglichkeiten? Mit der ständigen Belästigung leben oder dich nie wiedersehen?"

„Meiner Ansicht nach ja."

Sie musterte ihn kritisch. „Ich bin mir nicht sicher, dass du all den Ärger wert bist."

Er lieferte sie wieder bei Mary und Rufus ab und verbeugte sich. „Dann muss ich dir beweisen, dass ich es bin."

Nathaniel gesellte sich zu seiner Mutter und Schwester, die auf einem Sofa etwas abseits des Tanzgeschehens saßen. Seine Schwester zog eine Augenbraue hoch. „Ich vermute, sie hat ihre Antwort nicht geändert?"

Er nickte.

„Bist du dir sicher, dass sie der Mühe wert ist? Vielleicht hat sie einen guten Grund, dich nicht heiraten zu wollen."

„Sie lehnt nicht mich ab, sondern die Ehe ganz allgemein. Ich glaube, im Grunde mag sie mich trotz ihrer Vorbehalte."

„Und du magst sie?"

Er lächelte. „Sie überrascht mich in einem fort, bringt mich zum Lachen, fordert mich heraus." Er lachte. „Ich habe stets erwartet, dass diejenige, der ich einen Antrag mache, vor Dankbarkeit in Ohnmacht fallen würde. Ich würde ihre Hand gewinnen, aber keinerlei Begehren spüren, auch ihr Herz zu erobern. Olivia ist ganz das Gegenteil davon. Ich habe ihr Herz, aber sie weist meine Hand zurück. Das ist ein Gefecht, das ich genieße."

„Du bist ein sehr merkwürdiger Mann."

„Ich wollte eine andere Art von Frau. Niemand unterscheidet sich mehr vom Durchschnitt als Olivia. Ihre Ablehnung beweist das nur."

Seine Mutter lächelte. „Du ähnelst deinem Vater so sehr. Ich gebe zu, auch er musste mich mehr als einmal fragen." Sie lachte. „Starrsinnige Frauen passen sehr gut in diese Familie. Ich werde ihr einen Besuch abstatten."

Diana nickte. „Soll ich mitkommen?"

„Lass uns dich noch aufheben, Schatz. Dieser Kampf könnte sich in die Länge ziehen."

Nathaniel lächelte. „Sei nicht enttäuscht, Diana. Ich bin überzeugt, dass Olivia durchaus öfter damit konfrontiert werden muss."

Ein paar Tage später, als Olivia mit ihrer Mutter beim Frühstück saß, kündigte die Hauswirtschafterin Besuch an.

„Mrs Anne Jenkins möchte Ihnen ihre Aufwartung machen, Madam."

„Danke, Hill."

Olivia sprang auf und wandte sich dann vorwurfsvoll an ihre Mutter. „Oh, Mutter."

„Setz dich hin, Olivia."

Mrs Jenkins betrat das heimelige Zimmer und lächelte Mrs Blakesley zu. „Mrs Blakesley, wie geht es Ihnen?"

„Sehr gut, ich danke Ihnen. Ist Ihnen meine Tochter Olivia schon vorgestellt worden?"

„Miss Blakesley."

„Mrs Jenkins."

Mrs Jenkins ließ sich auf dem Sofa nieder und nahm eine Tasse Tee an. „Also, Miss Blakesley. Wie ich höre, haben Sie den Antrag meines Sohnes abgelehnt."

Olivia seufzte. „Ja, Mrs Jenkins."

„Und aus welchem Grund? Er ist mein Sohn, und daher bin ich natürlich voreingenommen, aber ich kann mir einfach nicht vorstellen, warum eine Frau meinem Sohn einen Korb geben sollte."

Olivia hörte das unausgesprochene insbesondere eine alte Jungfer wie Sie. „Ich gehe davon aus, dass er Ihnen auch den Grund genannt hat, da er Ihnen von der Zurückweisung erzählt hat", sagte sie.

Mrs Jenkins winkte ab. „Er ist ein Mann, was weiß er schon von den Vorbehalten einer Frau der Ehe gegenüber?"

Olivia sank auf ihren Stuhl, und Mrs Jenkins beugte sich vor, um ihr die Hand zu tätscheln. „Sind Sie überrascht, dass ich Verständnis zeige? Jede Frau muss sich

Fragen über den Mann stellen, den sie heiratet. Jede Frau muss sich fragen, wie sehr diese Entscheidung ihr Leben verändern wird."

Olivia wandte sich an ihre Mutter. „Hast du gezögert, bevor du Papa geheiratet hast?"

Mrs Blakesley tätschelte ihre andere Hand. „Aber natürlich, Olivia. Ich habe meine Familie verlassen, um bei einem Mann zu leben, mit dem ich gerade mal eine Handvoll Unterhaltungen geführt hatte. Das ist schon im besten Fall beunruhigend. Mein Vater hatte zuvor alle Entscheidungen für mich getroffen, da wusste ich, was mich erwartete, und nun sollte ein anderer Mann alle diese Entscheidungen treffen. Ich habe einen guten Mann geheiratet, aber es gibt immer eine Zeit der Umstellung, ganz egal wie gut er ist."

„Mein Sohn ist ein guter Mann", sagte Mrs Jenkins. „Obwohl ich mich auch frage, ob Sie die gleichen Sorgen und Erwartungen haben, die Ihre Mutter und ich damals hegten. Sie sind älter, und damit geht eine bestimmte Unabhängigkeit des Geistes einher. Ich bezweifle, dass Sie meinem Sohn gestatten werden, Entscheidungen für Sie zu treffen, denen Sie nicht zustimmen."

„Das ist wahr, Olivia. Du lässt dich weder von mir noch von deinem Vater zu dem zwingen, was wir für das Beste halten. Und ich zögere zwar, das in Gegenwart seiner Mutter zu sagen, aber ich bezweifle doch sehr, dass du dich von Mr Jenkins zu dem wirst drängen lassen, was er für das Beste hält, wenn du anderer Meinung bist."

Mrs Jenkins lächelte. „Ich glaube, sein Antrag ist das perfekte Beispiel dafür. Sie werden sich nicht auf die Ehe mit ihm einlassen, bevor Sie dazu bereit sind. Und dafür zolle ich Ihnen Beifall. Aber ich würde gerne Enkelkinder sehen, bevor der liebe Gott mich zu sich ruft."

„Nun", sagte Olivia, „abgesehen von meinem offenbar normalen Zögern gibt es noch andere Gründe."

Mrs Jenkins machte es sich auf dem Sofa bequem. „Und die sind?"

Olivia errötete. „Nun, also …"

„Lassen Sie mich Ihnen helfen, Miss Blakesley. Lieben Sie meinen Sohn?"

„Es gibt nichts an ihm, was nicht liebenswert wäre."

„Das ist keine Antwort auf meine Frage."

Olivia seufzte. „Ich habe ihn abgewiesen, weil ich ihn liebe. Ich werde nie eine gefügige Ehefrau sein, keine Teezeit einhalten, nicht in die Oper gehen oder der neuesten Mode folgen. Ich werde weitermachen wie immer. Die Sterne malen, meine Fachzeitschriften lesen und meine eigenen Wege gehen. So definiert niemand eine gute Ehefrau, Mrs Jenkins."

„Eine sehr hübsche Verteidigungsrede. Aber Nathaniel würde sich mit einer gefügigen Frau zu Tode langweilen. Er wird sich auch nie mit der neuesten Mode auskennen, und er hasst die Oper. Sie beide scheinen wie füreinander geschaffen. Und entgegen allem, was Sie sagen, glaube ich, genau davor haben Sie Angst. Sie haben Ihren perfekten Gefährten gefunden, meine Liebe."

Mrs Blakesley strahlte Mrs Jenkins an. „Genau diesen Gedanken hatte ich auch. Es ist tröstlich, zu wissen, dass Sie derselben Meinung sind, Mrs Jenkins."

Olivia schüttelte den Kopf. „Umso bedauerlicher, dass eine der beteiligten Parteien keinerlei Absicht hegt, ihre Ansichten über die Ehe zu ändern."

Mrs Jenkins stellte ihre Tasse ab. Sie räusperte sich, sah Mrs Blakesley an und sagte ruhig: „Würde es Ihnen etwas ausmachen, mich einen Moment mit Ihrer Tochter allein zu lassen, Mrs Blakesley?“

Vorwurfsvoll sah Mrs Blakesley Olivia an, dann erhob sie sich. „Viel Glück, Mrs Jenkins.“

Mrs Jenkins musterte Olivia, bis die Tür ins Schloss fiel. Sie lehnte sich vor. „Mir gefällt Ihre Beharrlichkeit. Wenn ich Sie nicht für eine Närrin halten würde, würde ich Ihnen dazu gratulieren, wie hartnäckig Sie zu Ihren Prinzipien stehen. Wenn ich nicht mit meinen eigenen Ohren gehört hätte, dass Sie meinen Sohn lieben, würde ich sagen, dass keine Frau zur Ehe gezwungen werden sollte. Und doch sind Sie eine Idiotin.“

Olivia schwieg.

„Lassen Sie sich eines gesagt sein, Miss Blakesley. Mein Sohn hält Sie für eine faszinierende Herausforderung. So glücklich und lebhaft habe ich ihn seit Jahren nicht mehr erlebt, und ich würde so gut wie jedes Mädchen akzeptieren, das ihn so oft zum Lächeln bringt wie Sie.“

Sie erhob sich. „Ich hoffe, Sie sind auf eine Belagerung vorbereitet, meine Liebe. So leicht gibt die Familie Jenkins nicht auf.“

Elf

Olivia schlich sich durch die Dunkelheit und verfluchte sich für jede närrische Idee, die sie je gehabt hatte. Es schien, als brächte das Alter nicht die versprochene Weisheit mit sich. Wahrlich nicht, denn das hier war ihr bislang verrücktester Plan.

Vermutlich würde Nathaniel nicht einmal zu Hause sein und der Abend wäre reine Verschwendung.

Wo sollte sie heute Nacht schlafen? Sie konnte nicht zurück nach Hause gehen, da sie ihrer Mutter erzählt hatte, sie würde bei Mary übernachten. Und was sollte sie Mary sagen, wenn sie plötzlich nach Anbruch der Dunkelheit vor ihrer Tür auftauchte?

Sie hätte das Herumschleichen Nathaniel überlassen sollen. Aber das war genau das Problem. Er hatte sich seit Tagen, Wochen, Monaten nicht mehr zu ihr geschlichen. Es kam ihr wie eine Ewigkeit vor. Sie zählte stumm vor sich hin. Zwei Wochen? Nicht länger? Sie drehte schon nach zwei Wochen durch? Nathaniel hatte recht. Der Liebesakt machte definitiv süchtig.

Olivia spähte zur Hausnummer hinauf, betete, dass es die richtige war. Gütiger Gott, was, wenn nicht?

Sie zog sich die Kapuze ihres Mantels tiefer ins Gesicht und verfluchte Nathaniel still. Das war alles seine Schuld. Seit seinem Antrag war er nicht mehr zu Besuch gekommen. Mit ihm unterhalten hatte sie sich zuletzt auf dem Ball bei den Mayes. Statt selbst zu kommen, hatte er seine Mutter geschickt, damit die ihr zusetzte. Ihre gesamte Familie setzte ihr zu. Die einzige Person, mit der sie sich zu gern streiten würde, hielt sich von ihr fern.

Sie vermisste ihn.

Das würde er ihr büßen.

Zögernd klopfte sie an die Tür, voller Furcht, es könnte nicht die richtige sein. Was, wenn das zwar sein Haus, er aber nicht zu Hause war? Wohin sollte sie dann gehen?

Die Tür öffnete sich und ein Paar glänzende Stiefel kamen zum Vorschein. „Ja?"

Olivia schluckte und sagte mit einem fürchterlichen französischen Akzent: „Ich bin hier für Mr Jenkins. Es geht um eine Angelegenheit von … l'amour."

Die Bemerkung stieß auf Schweigen, und Olivia wollte sich zu gern hinter dem nächsten Busch verstecken. Was hatte sie sich nur gedacht!

„Ich vermute, Sie haben keine Karte, Madam?"

„Ähm, non."

Der Träger der glänzend schwarzen Stiefel seufzte. „Bitte, folgen Sie mir."

Er führte sie über den Flur in ein Arbeitszimmer und hieß sie warten. Sie blickte auf, nachdem er gegangen war, musterte die bequemen Stühle, die Bücher, die sich auf Tischen stapelten, und die Reste des herabgebrannten

Kaminfeuers. Sie schnüffelte, versuchte den Geruch zu identifizieren, während sie sich fragte, ob der Butler nun Nathaniel holte oder die Polizei benachrichtigte.

Als die Tür hinter ihr aufging, blickte sie schnell wieder zu Boden.

„Wie kann ich Ihnen helfen, Madam?“, fragte Nathaniel und Olivia wurde fast ohnmächtig vor Erleichterung.

„Oh, Nathaniel!“ Sie rannte zu ihm und warf sich in seine Arme.

„Olivia! Was ist los! Was ist passiert!“

Sie drückte sich von ihm weg, funkelte ihn an, erinnerte sich ihres Zorns.

„Was passiert ist? Wo bist du gewesen? Tagelang habe ich auf dich gewartet und für nichts und wieder nichts in der Kälte gesessen!“

Er führte sie zum Kamin und nahm ihr den Mantel ab. Dann fuhr er sich über die Stirn. „Olivia, du hast mich abgewiesen. Ich bin nicht gekommen, um uns beiden Zeit zum Nachdenken zu geben.“

„Falls Sie sich erinnern, Mr Jenkins, wir hatten eine Vereinbarung. Und die hatte nichts mit Heirat zu tun!“

„Setz dich, Olivia.“ Er ging zur Anrichte hinüber, füllte ein Glas und hielt es ihr hin. „Trink das.“

„Was ist das?“, fragte sie und musste husten, als sie daran nippte.

„Brandy. Der sollte dich wärmen.“ Er starrte sie verwirrt an. „Wie bist du hergekommen?“

„Ich habe nach dem Abend bei den Rutherfords eine Droschke gemietet. Mutter habe ich erzählt, ich würde mit zu Mary fahren. Ich bin erst ein Stück gegangen, bevor ich mich für eine Droschke entschieden habe. Die stehen da in einer Reihe, um die Leute später heimzubringen, wusstest du das? Ich bin selbst erstaunt, wie leicht es war."

Nathaniel sank auf einen Stuhl. „Würde so eine Ehe mit dir für mich aussehen?", murmelte er vor sich hin. „Ständig in Sorge wegen der nächsten hirnrissigen Idee, auf die meine Gattin kommen könnte?"

Olivia erhob sich empört. „Da wir nicht heiraten werden, stellt sich die Frage nicht."

„Warum bist du dann heute hergekommen, wenn nicht, um meine Hand zu akzeptieren und mir zu sagen, wie sehr du mich liebst und bewunderst?"

„Zieh mich nicht auf, Nathaniel. Meine Nerven sind noch ganz zittrig von all dem Herumgeschleiche."

„Ich ziehe dich nicht auf, Olivia. Ich frage mich nur, warum du es auf dich genommen und riskierst hast, mitten in der Nacht in mein Haus zu kommen?"

Sie sah ihn an, wollte nicht zugeben, dass sie keine zwei Tage ohne ihn ertrug, keine zwei Wochen, ohne ihn zu spüren. Das klang so erbärmlich. Es war besser, Neugier vorzuschieben.

„Und komm mir nicht mit wissenschaftlichen Studien", fuhr er fort. „Deine Eltern mögen dir diesen Unfug abkaufen, aber ich nicht. Die Sterne sind das Einzige, was du studierst."

„Das ist kein Unfug. Ich wollte dich rein zur wissenschaftlichen Erbauung sehen."

Er zog die Augenbrauen hoch.

„Ich meine, ich wollte ausprobieren, ob ich mich unbemerkt davonschleichen kann, und da ich wusste, du wohnst in der Nähe, habe ich beschlossen, hierherzukommen. Offenbar war mein Experiment von Erfolg gekrönt."

Nathaniel schaute sie schweigend an. „Du bist also

nicht hergekommen, um geküsst zu werden?“

„Natürlich nicht. Es ist nur wenige Wochen her und ich kann dir versichern, dass ich es ganz gut auch ohne deine Küsse aushalte.“

„Und du bist nicht hier, um mein Schlafzimmer zu inspizieren.“

„Wie schockierend!“

Er lächelte. „Du überraschst mich immer wieder, meine Liebe. Ich wollte nur sichergehen.“

„Du kannst sicher sein, ich habe keinerlei Interesse an deinem Schlafgemach, Nathaniel.“

„Bist du dir gewiss? Nicht einmal zur wissenschaftlichen Erbauung?“

Olivia verschränkte die Hände auf ihrem Schoß. „Nun … für die Wissenschaft … Ich habe nie zuvor das Schlafzimmer eines Mannes gesehen.“

„Das beruhigt mich vollkommen. Wollen wir?“

Er erhob sich und hielt ihr eine Hand hin.

Sie nahm sie vorsichtig, froh, dass er sie zu dieser nächtlichen Stunde nicht hinausgeworfen hatte, und dankbar, dass er ihr einen Vorwand zum Bleiben gegeben hatte. Vielleicht konnte sie etwas davon wiedergutmachen. Er war wirklich sehr geduldig mit ihr.

Er legte ihren Arm um seinen und flüsterte: „Ich habe dich auch vermisst, Olivia.“

Sie zog sich die Kapuze wieder über den Kopf, falls sie dem Personal begegnen sollten, und Nathaniel lachte leise. „Glaubst du wirklich, so kannst du deine Identität geheim halten, meine Liebe?“

„Ja, wenn du etwas Umsicht walten lässt.“

„Ich sage dir das nur ungern, aber mein Butler hat vor der Tür gestanden und gelauscht. Ich bin mir ziemlich sicher, dass ich deinen Vornamen benutzt habe."

„Das hättest du dir nie angewöhnen dürfen."

„Natürlich. Hätten Sie es vorgezogen, wenn ich Sie mit Ihrem Nachnamen angesprochen hätte, Miss Blak–"

„Nathaniel! Kannst du nicht so tun, als wäre ich eine deiner Mätressen?"

„Ich habe nicht die Angewohnheit, Frauen mit nach Hause zu nehmen, Oli…"

Sie funkelte ihn unter ihrer Kapuze hervor an und er korrigierte sich.

„Meine Liebe."

Olivia wühlte in ihrem Retikül. „Ich sollte dir das nicht zeigen, da du dich so erbärmlich aufführst."

„Das ist nur der Schock."

„Aber ich habe gedacht, du könntest mir bei einigen wissenschaftlichen Untersuchungen behilflich sein. Da ich schon einmal hier bin."

„Tatsächlich?"

Sie zog ein kleines Buch hervor und reichte es ihm, als er die Schlafzimmertür öffnete und sie hineinbat.

Olivia trat ein und musterte das Himmelbett und die dunkle, männliche Einrichtung. Sein Geruch erfüllte die Luft, und sie atmete tief ein. Sie hatte die Höhle des Löwen betreten. Verbotenes Gebiet. Das war alles sehr aufregend.

„Dein Bett ist um einiges größer als meins", stellte sie fest.

Sie wandte sich um und sah, dass er in ihrem ungehörigen Buch blätterte. Er blickte auf. „Olivia, das ist ein … Das ist ein Buch über …"

Schmunzelnd schwang sie sich auf sein Bett. „Es ist ziemlich verrucht, nicht wahr? Seite zweiunddreißig, bitte."

Nathaniel räusperte sich und blätterte die Seite mit einem anschaulich gezeichneten Paar auf, das sich in offensichtlicher Ekstase befand. Die Frau war auf allen vieren, der Mann, von hinten über sie gebeugt, liebkoste ihre Brüste.

„Wo hast du das her?“

Sie wedelte mit einer Hand herum. „Das ist nicht wichtig.“

„Doch, das ist es.“

Sie seufzte. „Ich habe es per Post bestellt, für einen Mr Oliver Blakesley. Meine Familie fand das ziemlich witzig und hat mich monatelang so genannt.“

„Und niemand wollte sehen, was sich darin befand? Waren sie nicht neugierig, was das geheimnisvolle, falsch adressierte Päckchen enthielt?“

„Nathaniel, ich bekomme ständig irgendwelche Päckchen. Ich habe ihnen gesagt, es wäre ein Sternenführer im Kleinformat.“

Nathaniel verschränkte die Arme. „Du hast entschieden zu viele Freiheiten.“

„Was ich dir in einem fort sage.“ Sie hielt inne und sah ihn voller Erwartung an.

Er räusperte sich erneut. „Ich sollte Nein sagen.“

„Warum?“

„Ein misslungener Versuch, deinen Trieben Einhalt zu gebieten?“

Sie hob eine Augenbraue. „Ich denke, Sie sind bereits zu weit gegangen, um mir jetzt Moralpredigten zu halten, Sir.“ Sie deutete auf das kleine Buch in seinen Händen. „Hast du so etwas schon mal gemacht?“

Er stöhnte. „Olivia.“

„Ich vermute, die Antwort lautet Ja, sonst wärst du

entsetzt über diesen Vorschlag gewesen. Ich würde das gern ausprobieren. Bitte. Das heißt, wenn du dich der Sache überhaupt gewachsen fühlst.“ Nach dieser Anspielung konnte sie kaum ein Grinsen zurückhalten. Endlich verstand sie, was das bedeutete.

Nathaniel sagte: „Soll ich dich also aufs Bett werfen und über dich herfallen?“

Olivia klatschte in die Hände. „Oh, ich bitte darum! Sei du der verwegene Pirat, und ich bin die unschuldige Jungfrau, die du entführt hast, um deine teuflischen Gelüste zu befriedigen.“

Nathaniel lachte. „Du bist nie eine unschuldige Jungfrau gewesen, und die einzige Person mit teuflischen Gelüsten in diesem Raum bist du.“

„Dann bist du eben die unschuldige Jungfrau, und ich bin der verwegene, teuflische Pirat. Gib mir deine Hose, Kerl!“

Er stöhnte. „Ich kann mir nicht einmal vorstellen, woher du auch nur die Hälfte deiner Ideen nimmst.“

„Das ist das Problem mit Genies, es ist so schwer, ihnen zu folgen. Jetzt komm her, damit ich über dich herfallen kann.“

Er gehorchte. „Ich weiß nicht, ob das überhaupt möglich ist.“

Sie packte ihn am Gesäß und zog ihn näher. „Ich denke, ich werde es trotzdem versuchen. Soll ich dir mit den Stiefeln helfen?“

Er setzte sich neben sie, streichelte ihre Haare, küsste sie. Ihre Zunge tanzte mit seiner.

Sie kniete sich vor ihn und zerrte an seinen Stiefeln. „Ich glaube, diese Position findet sich ebenfalls im Buch. Vielleicht fallen Frauen so über Männer her.“

Er seufzte. „Ich glaube, mein Herz ist diesem Anblick nicht gewachsen."

Nun denn, alles zu seiner Zeit.

Der erste Stiefel polterte dumpf zu Boden und der zweite folgte schnell.

Seine Hose schmiegte sich eng um seine Beine, und seine Erregung wölbte sich fest gegen die Vorderseite. Sie zog ihm die Hose aus und ließ sie auf den Boden fallen.

Er lag halb nackt auf dem Bett, und Olivia inspizierte aufmerksam jeden Zentimeter von ihm. Endlich einmal war es dafür hell genug.

„Olivia. Du hast keine Ahnung, was du mir antust, oder?"

„Ich kann es mir vorstellen. Jetzt zieh dein Hemd aus."

„Sehr wohl, Madam."

Zwölf

Olivia erwachte neben einem warmen Körper, und ein schweres Bein hielt sie gefangen.

Sie stemmte die Hände dagegen und flüsterte: „Nathaniel, ich kann mein Bein nicht mehr spüren."

Grummelnd zog er sein Bein weg.

Sie kuschelte sich an seine Seite, und er schlang einen Arm um sie.

„Guten Morgen, Olivia."

„Guten Morgen. Es ist schön, neben dir aufzuwachen, selbst wenn dein Bein mich fast zerquetscht hat. Du bist sehr warm."

Er grinste. „Denk nur, Olivia, das könnte jeden Morgen so sein, wenn wir heiraten."

„Grmpf. Warum musst du einen perfekten Morgen ruinieren?"

„Das liegt in meiner Natur. Möchtest du frühstücken?"

„Was ist mit den Bediensteten?"

„Ich lasse sie ein Tablett vorbereiten." Er zwinkerte ihr

zu. „Auch das könntest du jeden Morgen haben."

Olivia rümpfte die Nase. „Als ob ich so faul wäre. Und ich glaube, dass ich im Bett eines Mannes aufwache, ist nur ein weiterer Beweis dafür, wie wenig ich zur Ehefrau tauge."

„Solange du in meinem Bett aufwachst, halte ich dich für eine sehr gute Ehefrau." Er zählte an seinen Fingern ab. „Weil du unterhaltsam bist. Du bist klug. Du bist leidenschaftlich. Du hast einen unwiderstehlichen Kleidergeschmack. Und du machst dieses wimmernde Geräusch hinten in der Kehle, wenn du kommst. Ich kann wirklich nichts Verkehrtes an der Vorstellung einer Ehe mit dir finden."

„Mir ist eine neue Regel eingefallen, Nathaniel."

Er murmelte: „Nur eine?"

„Keine Erwähnung einer Ehe mehr. Das schreckt mich ziemlich ab. Und hör auf damit, deine Familie zu mir zu schicken, um mich umzustimmen. Ich habe genug Vorträge bekommen. Ich bin überrascht, dass du noch nicht die Behörden alarmiert hast. Fesseln Sie dieses Mädchen, sie weigert sich, mich zu heiraten."

„Ich könnte das sehr leicht erzwingen, Olivia. Du bist in meinem Bett, wir haben eine intime Beziehung. Dein Vater hat jedes Recht, mir die Pistole auf die Brust zu setzen und mich zu einer Heirat mit dir zu zwingen."

„Nun, mir würde er nicht die Pistole auf die Brust setzen und mich zu einer Heirat zwingen, und ich würde dir davon abraten, so etwas zu versuchen."

Nathaniel warf die Bettdecke zurück und stand auf. „Wenn du nicht zur Ehe gezwungen werden willst, rate ich dir, dich schnell anzuziehen. Ich werde dich an einen weniger zweifelhaften Ort bringen müssen."

„Du kannst mich nach Hause bringen. Ich sage einfach, ich wäre früh aufgewacht."

„Das Lügen fällt dir bedenklich leicht, Olivia. Wird deine Mutter nicht bei deiner Schwester nachfragen?"

„Nein. Ich bin oft genug dort, sie stellt das nicht infrage."

Er schüttelte den Kopf und murmelte: „Entschieden zu viele Freiheiten."

Das kalte Singen von Stahl ließ die Grillen verstummen. Nathaniel schob Olivia hinter sich und verfluchte sich dafür, sie zu dieser frühen Morgenstunde begleitet zu haben.

Olivia keuchte auf. „Rufus! Was tust du nur?"

„Dasselbe könnte ich dich fragen, Olivia", antwortete er frostig. „Und Sie, Jenkins."

„Oh, verflixt", murmelte sie und versuchte, Nathaniel wegzuschieben.

„Er hat einen Säbel gezogen, Olivia. Bitte bleib hinter mir."

Ihr aufgebrachter Schwager starrte Nathaniel wütend an, und wenn er ehrlich war, konnte ihm Nathaniel daraus keinen Vorwurf machen. Er verdiente alles, was die bösartig aussehende Klinge ihm anzutun vermochte. Aber nicht vor Olivias Augen.

„Mr Eliot …", fing er an.

„Falls Sie mir nicht sagen wollen, dass die Ankündigung der Verlobung bereits an die Zeitungen geschickt ist, möchte ich nichts hören, Jenkins."

„Rufus!", schrie Olivia.

„Olivia, er bringt dich frühmorgens nach Hause. Und du

hast deiner Mutter erzählt, du würdest die Nacht bei uns verbringen."

Erneut keuchte sie auf. „Du hast ihr nicht gesagt …"

„Nein."

„Oh, Gott sei Dank. Es tut mir leid, das war eine furchtbare Idee, aber …"

„Es war eine dumme Idee. Du riskierst nicht nur deinen Ruf, sondern den deiner ganzen Familie."

„Tja, nun", sagte Olivia, „glücklicherweise bin ich die Einzige, die unverheiratet ist."

„Und glücklicherweise", mischte Nathaniel sich ein, „habe ich bereits um ihre Hand angehalten."

Das spitze Ende der Klinge sank Richtung Boden. „Gut. Aber das hier ist trotzdem eine dumme Idee, Jenkins."

Olivia zupfte an seinem Mantel. „Äh, Nathaniel …"

„Sie hat allerdings abgelehnt."

Sie stieß ein sehr undamenhaftes Wort aus, während Rufus sie mit einem stahlharten Blick durchbohrte. „Wie außergewöhnlich."

„Rufus …"

„Wenn du keine Gefühle für ihn hast, Olivia, warum schleichst du dann mit ihm herum?"

Nathaniel wandte sich zu ihr um, in dem sicheren Wissen, jetzt nicht mehr von ihrem wütenden Verwandten hinterrücks aufgespießt zu werden. Mr Eliots Ärger richtete sich jetzt an die richtige Adresse.

„Ja, Olivia. Diese Frage beschäftigt mich auch."

Sie kniff die Augen zusammen und hob das Kinn, tippte mit einem Fuß auf den Boden. „Wie ich bereits ausführlich erklärt habe, möchte ich nicht heiraten."

Rufus Eliot lachte schallend. „Für mich sieht es so aus, als würdest du sehr gerne heiraten wollen."

Olivia errötete. „Du hast keine Ahnung, was hier vorgeht, Rufus. Und Sie, Mr Jenkins, wissen genau, um was es geht und warum ich Sie nicht heiraten möchte. Rufus, bring mich bitte nach Hause. Es wäre eine Katastrophe, wenn uns noch irgendjemand zusammen sehen würde."

„Das würde mir Gelegenheit geben, dir die Kehrseite zu versohlen."

„Wag es ja nicht."

Nathaniel rieb sich die Stirn. „Ich überlassen sie Ihnen, Eliot. Und dich, Olivia, sehe ich später." Mit verdrossenem Blick machte er auf dem Absatz kehrt.

Olivia seufzte und verfluchte sich für ihre hirnrissigen Ideen. Sie verfluchte die Welt im Allgemeinen und Männer im Besonderen dafür, dass sie aus Mücken Elefanten machten.

Rufus steckte seinen Säbel weg. Seine Miene blieb angespannt.

„Bitte sag Mary nichts davon, Rufie."

„Warum nicht? Dir scheint es doch gleichgültig zu sein, wer davon weiß."

„Das stimmt nicht! Ich war nur dumm."

„Olivia, du spazierst auf einem Drahtseil. Jenkins hat jedes Recht, dich in eine Ehe zu zwingen. Er ist nur zu gutmütig. Ein Wort zu deinem Vater würde dieser Sache ein Ende setzen."

„Rufus Eliot, du hast keine Ahnung von dieser Angelegenheit. Und weder du noch Vater noch Mr Jenkins werdet mich dazu bringen, etwas zu tun, was ich nicht tun will. Erzähl also ruhig der ganzen Welt davon, wenn du möchtest." Olivia stürmte davon. Sie konnte Rufus vor sich hin grummeln hören, während er ihr folgte. Ihr Plan lief allmählich gründlich schief und sie fragte sich, ob sie jemals die Kontrolle über dieses Experiment gehabt hatte. Männer waren wesentlich schwieriger zu verstehen als die Sterne.

Marys durchdringende Stimme hallte durch das Haus. „Hallo, Mutter. Wo ist Olivia?“

Olivia verfluchte erst Rufus und dann sich selbst. Er konnte sein großes Mundwerk nicht halten und sie war eine Närrin, weil sie sich zu dieser Heimlichkeit hatte verleiten lassen.

Mary spähte um die Tür herum und Olivia funkelte sie an. „Ich werde deinen geschwätzigen Ehemann umbringen.“

„Mmm. Ich glaube, du hast einiges zu erklären.“

„Er hätte den Mund halten können.“

„Und du hättest zu Hause bleiben können. Also, heraus damit, war es deine Idee, dich mit Mr Jenkins wegzuschleichen? Oder hat er dich unter Druck gesetzt?“

Olivia seufzte. „Das war meine eigene dumme Idee. Ich wollte ihn sehen und ausprobieren, ob ich mich unbemerkt wegstehlen kann. Offensichtlich habe ich einen Plan für eine unbemerkte Rückkehr vergessen.“

„Offensichtlich.“ Mary setzte sich neben sie und blickte sie auffordernd an. „Also?“

„Also was?“

Mary hob abwechselnd die Augenbrauen. „Also, wie war deine erste Nacht allein mit einem Mann?“

„Mary!“

„Olivia!“

Olivia fuhr mit ihrem Pinsel über die Leinwand. „Es war vergnüglich.“

„Vergnüglich. Das war eure erste gemeinsame Nacht, nicht wahr?"

Olivia weigerte sich, sie anzusehen. Wie konnte sie Mary sagen, dass dem nicht so war?

Mary lachte. „Du kleine Geheimniskrämerin. Erzähl mir nicht, dass du dich schon vorher mit ihm weggestohlen hast."

Oh, wie schön wäre es, sich jemandem anzuvertrauen! Mary schien ihr nicht böse zu sein und es täte so gut, ihre Geheimnisse zu teilen. Sie hatte Mary immer nahegestanden.

Olivia blickte kurz zu ihr. „Er ist hergekommen. Nachts."

„Ah. Du hast also nicht nur die Sterne studiert. Wie ist dein Mr Jenkins denn so?"

„Mary? Jetzt willst du Einzelheiten? Du wolltest mir rein gar nichts verraten, nachdem du Rufus geheiratet hast. Daher ist das alles eigentlich deine Schuld. Wenn du mir mehr erzählt hättest, auch nur ein bisschen, hätte ich ein solches Experiment gar nicht erst durchführen müssen. Ich hätte mich auf dein Wort verlassen."

„Und du hättest es weggepackt, Problem gelöst", sagte Mary. „Ich kenne dich, Olivia. Du hast dich nie darum gekümmert, Mama zu gefallen und einen Ehemann zu finden. Und du bist zu unabhängig, um zu glauben, dass du einen brauchst. Was bleibt da? Du würdest als alte Jungfer sterben, dein gesamtes Leben unter Papas Dach verbringen, den Haushalt führen, ganz wie es dir gefällt."

„Tut mir leid, ich sehe nicht, was an diesem Entwurf falsch sein soll. Mir gefällt das so sehr gut."

„Zum Glück weiß ich es besser. Das ist langweilig, Livvy. Ja, ja, du hättest deine Studien, aber keine Familie.

Keine Unterbrechungen, keine Überraschungen. Einen Plan zu haben ist ja ganz in Ordnung, aber manchmal sind Ablenkungen besser.“

Olivia zog die Augenbrauen hoch. „Das zu glauben fällt mir schwer, da es von einer kommt, die schon mit fünf wusste, wen sie heiraten würde.“

„Das war kein Plan, Livvy, das war einfach so. Ich kann doch nichts dafür, dass ich meinen Seelengefährten so früh gefunden habe.“

„Du willst also, dass ich Ablenkung habe. Deswegen wolltest du mir nichts von deiner Hochzeitsnacht erzählen.“ Olivia kniff die Augen zusammen. „Es war doch deine Hochzeitsnacht?“

Mary lächelte leicht. „Natürlich war es meine Hochzeitsnacht, da wir an dem Tag getraut worden sind. Aber sind wir da das erste Mal intim miteinander gewesen? Nein, das war in der Nacht vor unserer Verlobung. Rufus war so verstört von der ganzen Sache, dass er am nächsten Tag sofort zu Vater gerannt ist.“

„Unfassbar, dass du mir das nie erzählt hast!“

„Ich habe dir nichts davon gesagt, weil ich dich nicht auf dumme Ideen bringen wollte. Das war eindeutig zu kurz gedacht von mir. Du brauchst meine Hilfe gar nicht, um auf verrückte Ideen zu kommen.“

Olivia ballte eine Hand zur Faust und schlug sich aufs Bein. „Und ich kann nicht glauben, dass dein geschwätziger Ehemann sich vorhin so selbstgerecht aufgeführt hat!“

„Olivia, du hast ein seltsames Konzept von der Welt. Obwohl Rufus mich liebt, hatte er mich durch unser Handeln in Schande gestürzt, daher musste er mich heiraten, um einen Skandal zu vermeiden. Mr Jenkins hat dich in Schande gestürzt, daher muss er dich heiraten.“

„Unsere Situationen sind gänzlich verschieden, Mary. Du bist gerade mal achtzehn gewesen und ich bin siebenundzwanzig. Wenn du und Rufus und Nathaniel den Mund darüber haltet, muss niemand je erfahren, dass ich mich unschicklich benommen habe. Außerdem ist es ja nicht so, als wäre ich zuvor für die Ehe geeignet gewesen."

Mary befingerte die Farbdöschen. „Magst du Mr Jenkins nicht?"

„Doch, natürlich mag ich ihn. Wenn nicht, hätte ich so etwas nie mit ihm getan."

Mary schaute sie an. „Manchmal glaube ich, es spielt keine Rolle, ob dir die Idee gefällt oder nicht, solange du nur eine Lösung für das Problem findest."

Olivia funkelte sie an. „Das ist ein furchtbarer Gedanke. Ich bin nicht unmoralisch."

„Ich glaube, der Pfarrer würde das anders sehen."

„Ich glaube, der Pfarrer würde dich für unmoralisch halten. Dass du danach geheiratet hast, ändert nichts an der Tatsache, dass du nicht jungfräulich in die Ehe gegangen bist."

Mary zuckte mit den Schultern. „Der Pfarrer würde auch den König für unmoralisch halten."

„Der König ist unmoralisch."

„Das stimmt. Dennoch ist dein Ansehen befleckt. Du musst Mr Jenkins heiraten. Bald, Olivia. Deine Handlungen können Folgen haben, die nicht darauf warten, dass du dich besinnst."

Olivia starrte aus dem Fenster. „In der Hinsicht musst du dir keine Sorgen machen, Mary. Es gibt keine unerwarteten Folgen."

„Willst du keine Kinder haben?"

Olivia blickte sie kurz an. Das war ein sensibles Thema,

wie sie wusste. „Ich bin mehrfache Tante. Das genügt mir."

Mary schnaubte. „Du kannst dir selbst in die Tasche lügen, Livvy, aber ich weiß, dass es einen großen Unterschied macht, ob man Tante oder Mutter ist."

„Ich weiß, aber das Muttersein reizt mich nicht. Ich liege nachts nicht wach und male mir aus, wie mein Kind aussehen würde."

Mary streichelte sich sanft über den Bauch, dann nickte sie. „Ich verstehe. Es wäre nicht das Ende der Welt, wenn du keine Kinder hättest."

„Was auch immer Mutter denkt. Wie viele Enkelkinder braucht eine Frau denn?"

„Ich glaube, sie möchte Enkeltöchter."

Das musste Olivia gelten lassen. Die neue Generation war übervoll mit Jungs.

„Und Mr Jenkins?", fragte Mary.

„Was ist mit ihm?"

„Was ist seine Meinung zu alldem? Ich dachte, du magst ihn. Und er dich."

„Ich mag ihn, und ich glaube, er mag mich auch. Aber eine Ehe war nie Teil unserer Vereinbarung. Er hat bestimmten Regeln zugestimmt." Olivia seufzte. Sie sollte die Sache jetzt beenden. Sie sollte ihm einen kurzen Brief schicken, ihm schreiben, dass seine Dienste nicht länger benötigt würden. Aber sie wusste nicht, ob sie das fertigbrachte. Wie konnte sie das Beste in ihrem Leben aufgeben? Warum sollte sie das tun müssen?

Verflucht seien Männer und ihre Regeln. Verflucht sei die Ehe. Sie könnte als Mätresse glücklich werden. Solange sie Nathaniels Mätresse war. Wozu brauchte sie schon die feine Gesellschaft? Sie würde den Spott aushalten, die Beleidigungen. Oh, wenn sie doch nur ein Einzelkind wäre, ohne Familie, die unter den Folgen ihres Handelns leiden musste.

Mary schien neugierig, was diese Vereinbarung anging, aber sie sagte nur: „Vereinbarungen ändern sich, Olivia. Du magst ihn, er mag dich. Warum führen wir dieses Gespräch überhaupt? Wir sollten deine Verlobung feiern."

„Mir liegt nichts an der Ehe."

„Was hast du gegen die Ehe?"

„Sieh dir doch nur unsere Eltern an. Sie sind kreuzunglücklich."

Mary musterte sie verwundert. „Das glaube ich nicht."

„Sie haben nichts gemeinsam, sprechen kaum einmal miteinander. Und erinnerst du dich noch an die Streitigkeiten, die sie hatten? Ich bin überrascht, dass überhaupt eine von uns geheiratet hat."

„Ich erinnere mich nicht an Streit. Und sie haben sechs Kinder zusammen. Ich finde, das ist schon etwas."

Olivia seufzte. „Du warst schon in Rufus verliebt, bevor du laufen konntest. Du hast nichts von den Streitereien unserer Eltern mitbekommen."

„Und du bist zu empfindlich. Dir fällt jedes winzige Detail auf, aber du siehst das große Ganze nicht. Sie sind jetzt glücklich miteinander, findest du nicht?"

Olivia zuckte mit den Schultern. „Sie scheinen sich abgefunden zu haben."

Mary kniff die Augen zusammen. „Was ist mit Rufus und mir? Glaubst du, wir streiten die ganze Zeit und haben nichts, worüber wir uns unterhalten können, und keine Gemeinsamkeiten?"

„Nein."

„Aber?"

Olivia verzog die Lippen. „Aber ich glaube nicht, dass

das von Dauer ist. Ich möchte nicht fies sein, aber ich habe noch keine Ehe gesehen, die glücklich geblieben ist. Prudence, zum Beispiel. Sie fühlt sich so elend, dass ich ihre Nähe kaum ertragen kann."

„Prudence erwartet ihr fünftes Kind in sechs Jahren, und du weißt, wie sehr ihr dieser Zustand gegen Ende immer zu schaffen macht. Das ist kaum ein gutes Beispiel. Außerdem ist schon der Fakt, dass dies ihr fünftes Kind ist, ein Beweis dafür, dass Marcus und sie etwas gemeinsam haben."

„Ein Bett."

Mary lachte. „Ja, ein Bett. Und mach das nicht schlecht. Prue hätte ihn davon fernhalten können, wenn sie gewollt hätte. Genau wie Mama es bei Papa hätte tun können, und sie haben sechs Kinder."

Olivia schüttelte den Kopf. „Ich weiß, sie hat, was sie will, genau wie Mama und du. Es ist nur … es ist nur, dass ich das nicht will. Ich will nicht an jemanden gebunden sein, den ich irgendwann hasse, Mahlzeiten schweigend einnehmen oder allein bei meinen Kindern nach Liebe suchen müssen. Das will ich nicht, Mary."

„Und du glaubst, das wird dir mit Mr Jenkins passieren?"

„Es ist unvermeidlich. Eines Tages wird er mich mit Verachtung statt mit Begehren betrachten. Eines Tages wird er sich für einen Dummkopf halten, weil er sich von seinen Gefühlen dazu verleiten ließ, so unpassend zu heiraten. Ich muss nur Papa anschauen, um zu sehen, dass dies geschieht." Sie schüttelte den Kopf und flüsterte: „Ich könnte es nicht ertragen, wenn Nathaniel mich so ansähe."

Sanft nahm Mary sie bei der Hand. „Ich hatte ja keine Ahnung, wie pessimistisch du bist."

„Ich bin realistisch. Ich weigere mich, mich von der Liebe blenden zu lassen.“

„Nein, deine Furcht blendet dich.“

Olivia schwieg.

Mary tätschelte ihr den Arm. „Du bist nicht Mama, und Mr Jenkins ist nicht Papa. Wenn jemand eine liebevolle Ehe führen kann, dann du, Livvy. Du bringst alles fertig. Die einzige Frage ist, ob du es mit Mr Jenkins fertigbringen willst?“

Dreizehn

„Tante Livvy, Tante Livvy! Wir haben eine Überraschung für dich!“

„Tatsächlich?“ Olivia stöhnte, als sie ihren fünfjährigen Neffen auffing, der sich ihr in die Arme warf.

Olivias älteste Schwester Prudence stieg schwerfällig aus der Kutsche. „Ja, aber jetzt noch nicht, Richie. Es ist eine Überraschung.“

„Das hab ich ihr ja gesagt.“

„Hmm. Das müssen wir noch mal üben.“

Olivia ließ Richie los, da er die anderen Kinder erspäht hatte. Sie küsste Prue auf die Wange und sagte: „Was macht der kleine Teufel?“

Prue stöhnte. „Das ist das letzte Kind, das schwöre ich. Ich kann nicht schlafen, nicht essen, und meine Knöchel erst! Ich sehe aus wie eine Kuh!“

„Du hast bei jedem gesagt, es wäre das letzte, also kann ich dir wohl kaum glauben.“

„Ich kriege immer wieder Jungs! Vier hintereinander!

Selbst Gott kann nicht so grausam sein. Ich verdiene einfach ein Mädchen."

„Und wenn es diesmal wieder ein Junge ist?", fragte Olivia.

„Verhex mich nicht. Wenn es wieder ein Junge ist, dann wird Marcus bei seinen Pferden im Stall schlafen."

„Mmm. Und du wirst noch eins bekommen. Mutter hat ihre Lektion auch erst nach sechs Kindern gelernt. Ich bezweifle, dass du früher aufgibst."

„Jede Nacht bete ich zu Gott, dass ich alles, einfach alles tun würde, wenn es dieses Mal ein Mädchen wird", jammerte Prudence.

„Wie kann er dir da deinen Wunsch abschlagen?! Komm mit, Prue, ich hab dir einen Platz auf der Weide vorbereitet."

Prudence versetzte ihr einen Klaps. „Warte nur, bis du so herumwatschelst. Ich werde meine Schadenfreude nicht zurückhalten." Prudence musterte sie. „Kommt dein Mr Jenkins heute?"

„Er ist nicht mein Mr Jenkins."

„Mich dünkt, die Dame protestiert zu viel. Er gehört sicherlich keiner anderen. Wie ich höre, tanzt er auf jedem Ball allein mit dir. Zwei Tänze, danach löst er sich in Luft auf."

Olivia kniff die Augen zusammen. „Ich werde Mary die Zunge herausreißen."

„Na, na. Weiß dein Mr Jenkins, wie gewalttätig du bist? Oh, keine Sorge, meine Liebe. Ich erzähle ihm das sicher nicht. Er wird das nach der Hochzeit schnell genug selbst herausfinden, wenn du ihn in seinem Schlafzimmer einschließt, damit du in Ruhe malen kannst."

Würde Olivia sich das ihr Leben lang anhören müssen?

Sie hatte noch Zöpfe getragen, als sie sich diesen kleinen Scherz erlaubt hatte.

Sie wechselte das Thema. „Weißt du, ob Eugenia heute kommt?“

„Sie hat gesagt, sie versucht es, obwohl sie sich ein wenig angeschlagen fühlt.“ Prudence zwinkerte ihr zu. „Ich glaube, ein Hochzeitsnachtsbaby ist unterwegs.“

„Himmel! Zwei Schwestern gleichzeitig guter Hoffnung? Wie sollen wir das überleben?“

„Mmm. Wenigstens bin ich fast so weit. Aber ich mache mir Sorgen um Mary. Sie hat es zwar abgetan, als Amelia sofort freudiger Erwartung war, aber inzwischen sind es vier Jahre. Wie wird sie sich fühlen, wenn sie von Eugenia erfährt?“

„Vermutlich wird sie dasselbe denken wie ich, als ich von Eugenias Hochzeit erfahren habe“, sagte Olivia. „Zum Teufel mit ihr. Die Jüngste sollte nie etwas tun, bevor die Älteren nicht auch ihre Chance dazu hatten.“

Prudence lachte leise. „Ich hätte dir mein monatliches Nadelgeld gegeben, wenn du ihr das auf der Hochzeit ins Gesicht gesagt hättest. Vielleicht erwähne ich das Mary gegenüber.“

Das Mittagessen wurde als Picknick serviert. Kalter Schinken, grob gewürfelte Kartoffeln, dazu ein leichter Wein. Die Männer und Kinder lagerten im Gras, die Frauen saßen auf Stühlen.

Eugenia erhob sich und bestätigte, dass sie in anderen Umständen war.

Mrs Blakesley klatschte in die Hände, die Männer gratulierten Landon, und Mr Blakesley sagte: „Wir können nie genug Babys haben.“

Olivia schnaubte. Wenn diese Familie etwas im

Überfluss hatte, dann waren das Kinder.

„Zum Teufel mit dir, Eugenia“, durchbrach Mary das Stimmengewirr unvermittelt. Alle drehten sich um und starrten sie an.

Prudence kaschierte ihr Lachen mit einem lauten Husten, der sich zu einem Hustenanfall verstärkte. Olivia klopfte ihr auf den Rücken.

Eugenia zupfte an ihrem Spitzenkragen. „Es tut mir leid, Mary. Ich will nicht grausam sein, aber die anderen dürfen sich für mich freuen, auch wenn du keine Kinder bekommen kannst.“

„Ich kann Kinder bekommen, du Dummkopf“, erwiderte Mary unbeeindruckt. „Ich wollte nur gern als Erste meine guten Neuigkeiten verkünden.“

Prudence hörte auf zu husten. „Bist du wirklich freudiger Erwartung?“

Mary tätschelte ihren Bauch. „Ungefähr an Weihnachten ist es so weit.“

Mrs Blakesley sprang von ihrem Stuhl auf und umarmte Mary stürmisch. „Ein Weihnachtsbaby!“

„Das wird aber auch höchste Zeit, verdammt“, sagte Marcus zu Rufus. „Prudence wollte schon, dass ich mich erkundige, ob du irgendwelche Tipps brauchst.“

Rufus wurde knallrot.

Prudence verengte die Augen. „Ich erinnere mich nicht daran, dass du dich irgendwann unpässlich gefühlt hast.“

Mary grinste. „Kein bisschen. Ich fühle mich besser denn je.“

„Zum Teufel mit dir.“

Mrs Blakesley blickte sie finster an. „Prudence, achte auf deine Wortwahl!“

Olivia fuhr sich über die Stirn. „Drei Schwestern? Das

ist die halbe Blakesley-Sippschaft. Ich hoffe, eine von euch bekommt ein Mädchen. Die arme kleine Margaret ist von sieben Jungs umzingelt."

Eugenia stampfte mit einem Fuß auf. „Hallo! Ich bin auch guter Hoffnung, Mama!"

Mrs Blakesley umarmte sie. „Ich weiß, mein Schatz. Und darüber freuen wir uns auch. Wir haben bei Mary nur schon so lange darauf gewartet."

„Ich verstehe nicht, warum das einen Unterschied machen soll."

Prudence seufzte. „Das liegt daran, dass du nie die Kunst der Vorfreude gelernt hast, Eugenia. Je länger es dauert, desto besser ist es. Deswegen wird Olivias Hochzeit auch die beste von allen sein. Weil wir alle so lange darauf gewartet haben."

Mrs Blakesley durchbohrte ihre älteste Tochter mit einem forschenden Blick, aber es war zu spät.

„Oh verflixt noch mal, Prue."

Eugenia setzte sich neben Olivia. „Kommt dein Mr Jenkins heute? Wir würden ihn sicherlich alle gerne kennenlernen."

Mary verbarg ein gehässiges Kichern hinter einer Hand, und Olivia funkelte sie an. „Nein. Und er ist nicht mein Mr Jenkins."

„Wirklich? Nach allem, was Mary so erzählt, ist die Verlobung so gut wie verkündet."

„Mary ist ein Schafskopf."

Mrs Blakesley klatschte in die Hände. „Das reicht, Mädchen! Es sind Kinder anwesend."

Der kleine Richie spähte hinter dem Stuhl seines Vaters hervor und sagte: „Schafskopf."

Prudence beugte sich zu Olivia und flüsterte: „Keine

Sorge, Livvy. Das hat er nicht von dir gelernt." Sie deutete mit einem Finger auf ihr lauschendes Kind. „Geh mit deinen Cousins spielen, Richie."

„Aber wann geben wir Tante Livvy ihre Überraschung?"

Mr Blakesley sprang auf. „Das stimmt. Sollen wir sie holen, Richie?"

„Ja!"

„Und habt ihr alle von dieser Überraschung gewusst?", wandte sich Olivia an Mary.

Eugenia grinste. „Natürlich. Und ich bin überrascht, dass Mary dir nichts verraten hat."

Olivia war ebenso überrascht. Mary zuckte mit den Schultern. „Ich hätte dich gewarnt, wenn ich denken würde, du magst sie nicht."

„Wie beruhigend."

Mrs Blakesley versetzte Mary einen leichten Klaps. „Oh, sie ist ziemlich aufregend. Olivia, ich glaube, du wirst außerordentlich erfreut sein."

Richie rannte über den Rasen und winkte mit einem kleinen Päckchen, während sein Großvater hinter ihm hertrottete.

„Ich nehme an, es ist nichts Zerbrechliches", meinte Olivia schmunzelnd.

Margaret und sechs weitere kleine Jungs kamen herbeigerannt und setzten sich um Tante Livvy herum.

Richie hielt das Geschenk in beiden Händen. „Du musst auf Opa warten."

Olivia nickte. „Darf ich es halten?"

Prue schüttelte den Kopf. „Gib es ihr nicht, bevor Opa hier ist. Wir wollen nicht, dass sie schummelt und es schon vorher auspackt."

„Mama sagt Nein, Tante Livvy."

„Dann verrate mir doch, wie fühlt es sich an?“

Ein Chor von Buhrufen ertönte auf ihre Frage hin und sie lehnte sich grinsend zurück. Sie hatte nicht einmal Geburtstag. Der Gedanke, es könnte etwas mit Nathaniel zu tun haben, ging ihr durch den Kopf, und fast stöhnte sie auf. Wie würde ihre Familie reagieren, wenn sie ihre Vereinbarung aufkündigte und ihn nicht mehr wiedersah? Vermutlich würden sie sie hängen.

Mr Blakesley nahm wieder auf seinem Stuhl Platz. „Vorwärts, Richie. Lass sie es aufmachen.“

Richie überreichte ihr feierlich das Geschenk, und Olivia betastete es durch das Papier. Sie blickte auf. „Das fühlt sich an wie eine Zeitschrift.“

Die Kinder brüllten, sie solle es öffnen, also tat sie es. Einen Moment lang blickte sie voller Verwunderung auf den Inhalt. „Das ist meine monatliche Astronomiezeitschrift. Habt ihr mein Abonnement erneuert?“

Mrs Blakesley beugte sich vor. „Nein, du Dummerchen. Schlag sie auf.“

Sie öffnete die Zeitschrift, las die Inhaltsangabe und spürte, wie alles Blut aus ihrem Gesicht wich. „Mein Artikel“, flüsterte sie. „Die haben meinen Artikel veröffentlicht.“

„Samt Zeichnungen!“, rief Mrs Blakesley aus. „Schau dir den Artikel an, Schatz. Es ist alles ganz detailliert dargestellt. Sehr außergewöhnlich. Keiner der anderen Artikel hat so hervorragende Zeichnungen.“

„Ihr habt meinen Artikel zur Veröffentlichung eingeschickt?“

„Und sieh nur, Olivia“, Mrs Blakesley lehnte sich noch weiter vor. „Unter deinem eigenen Namen und keinem lächerlichen Pseudonym."

Sie blickte auf ihre Familie, alle lächelten und freuten sich für sie. Olivia hielt ihre Erwiderung zurück. Kein lächerliches Pseudonym? Das sollte aufregend sein? Die ganze Welt würde sie auslachen. Sicher, ihre Familie hielt es für amüsant, dass sie die Sterne studierte, aber das würde sonst niemanden beeindrucken. Die feine Gesellschaft würde nur noch mehr über sie lachen.

„Danke", murmelte sie bedrückt.

Prudence stieß sie an. „Komm schon, Olivia. Ist das alles, was du dazu zu sagen hast? Dein Name! In einer anerkannten Fachzeitschrift."

Olivia blickte wieder auf ihren Artikel, musterte ihre Zeichnungen. Sie hatte immer gehofft, dass ihre Arbeit irgendwann angenommen werden würde. Aber der Artikel hatte noch Überarbeitung nötig gehabt. Und sie hätte bestimmt nicht ihren eigenen Namen verwendet!

„Es ist überwältigend. Ich weiß nicht, was ich sagen soll."

Ihr Vater lächelte. „Lasst dem armen Mädchen Zeit, das alles zu begreifen. Der Name Blakesley wird schließlich nicht jeden Tag gedruckt."

Marcus schlug sich aufs Knie. „Reich mal rüber. Lass uns das auch sehen." Die Kinder versammelten sich um ihn und bestaunten laut die Zeichnungen.

Mr Blakesley zwinkerte ihr zu. „Gut gemacht, Livvy."

Olivia lächelte, während sie sich fragte, wie groß das Debakel sein würde.

Mary hakte sich bei Olivia ein und führte sie zu den Bäumen. „Du hasst es. Selbst ich habe gedacht, dass du dich freuen würdest."

„Darüber, dass mein Name in aller Munde ist?"

„Ach, Olivia. Niemand wird einen Deut darauf geben, dass du etwas in einer Zeitschrift veröffentlicht hast. Ich bezweifle, dass irgendwer überhaupt davon weiß."

„Hat niemand von euch daran gedacht, welche Aufregung das in der Gesellschaft verursachen könnte?"

„Olivia, außer dir liest niemand diese furchtbar langweiligen Magazine. Und nein, ich glaube nicht, dass das Aufruhr verursachen wird. Warum sollte es?"

„Weil ich sowieso schon als merkwürdig gelte, darum."

Mary betrachtete sie. „Machst du dir Sorgen, wie dein Mr Jenkins darauf reagieren wird?"

„Aaaah! Er ist nicht mein Mr Jenkins."

Mary lachte. „Natürlich nicht. Wie auch immer, alle in der Familie sind ziemlich stolz auf dich. Besonders Papa. Und ich weiß, dass du dir ohnehin nichts daraus machst, was die Gesellschaft von dir denkt. Wir werden einfach abwarten müssen, ob Mr Jenkins deiner würdig ist, nicht wahr?"

Vierzehn

Olivia bemerkte das Getuschel gleich, als sie den Ballsaal betrat. „Siehst du?“, zischte sie Mary zu. „Niemand wird einen Deut drauf geben, ha.“

„Miss Blakesley, ist das wirklich wahr? Schreiben Sie für eine Zeitschrift?“ Miss Emily Mayes wedelte mit ihrem Fächer. Die Bestätigung für diesen Skandal wäre wohl ihr Höhepunkt der Saison.

Olivia atmete tief durch. „Ich fürchte, ich weiß nicht, wovon Sie sprechen.“

Miss Mayes hakte sich bei Olivia unter und spazierte mit ihr durch die Menge, die sie neugierig beäugte. „Also, wie ich von Papa gehört habe, gab es diesen Monat in der Fachzeitschrift über Sterne einen Eintrag einer gewissen Miss Olivia Blakesley.“

„Hmmm. Das würde ich zu gerne sehen. Allerdings, Miss Mayes, ist der Name nicht ungewöhnlich. Vielleicht gibt es noch eine andere Miss Olivia Blakesley?“

„Die verrückt nach den Sternen ist?“

„Das ist schon ein seltsamer Zufall, aber ich versichere Ihnen, ich würde niemals einen Artikel an eine Zeitschrift schicken." Nicht unter ihrem eigenen Namen. Olivia unterdrückte ihren Ärger. Wie konnte ihre Familie es wagen, ihr das anzutun? War es nicht schon schlimm genug, dass sie das schwarze Schaf der Familie war? Mussten sie damit auch noch hausieren gehen?

Mary kam herbei, um sie zu retten, und drängte sich gekonnt zwischen Miss Mayes und Olivia. „Miss Mayes, haben Sie schon das Neueste gehört?"

„Allerdings. Obwohl Miss Blakesley die Ahnungslose spielt."

Einen Moment lang blickte Mary verwirrt drein, dann winkte sie ab. „Ach das. Schon amüsant, dass es zwei Olivia Blakesleys geben kann, die beide verrückt nach den Sternen sind, nicht wahr? Aber haben Sie das über Caroline Drew gehört? Sie ist ins Ausland gegangen!"

Miss Mayes hielt den Atem an. „Nein!"

Olivia stahl sich davon, einmal im Leben froh über Mary und ihren Tratsch. Die arme Miss Drew, in den Augen der Gesellschaft konnte die Flucht ins Ausland während der Saison nur eines bedeuten: dass die bedauernswerte Miss Drew ins Unglück gestürzt worden und geflohen war, um den Beweis zu verheimlichen. Einen kurzen Moment lang verspürte Olivia aus lauter Sympathie für Miss Drew eine leichte Übelkeit. Was, wenn auch sie ins Ausland fliehen musste?

Lieber Himmel.

„Hallo, meine Liebe", murmelte eine sanfte Stimme hinter ihr.

Sie drehte sich auf wackeligen Beinen um. „Mr Jenkins."

Eine seiner Augenbrauen wanderte in die Höhe. Ganz offenbar machte er sich über ihren Versuch lustig, auf Formalitäten zu beharren. „Ich dachte, das hätten wir hinter uns, Olivia."

Sie schüttelte den Kopf. „Angesichts der letzten Neuigkeiten beginne ich, meine Handlungen zu überdenken."

„Komm schon, Olivia. Du glaubst doch nicht wirklich, dass ein Artikel in einem Wissenschaftsmagazin meine Achtung vor dir mindern könnte?"

Für einen Augenblick flammte ihr Ärger wieder auf. „Meine verdammte Familie."

Nathaniel lachte leise. „Ja, das muss ein wenig peinlich für dich sein, aber du scheinst es ja im Griff zu haben. Und um die Wahrheit zu sagen, überrascht mich der Artikel nicht im Geringsten. Ich halte dich für zu allem fähig."

„Ich glaube, das war kein Kompliment, Nathaniel."

Er drückte ihre Hand. „Du solltest es als eines ansehen."

„Aber darüber habe ich nicht nachgedacht. Der Klatsch über Miss Drew hat mich unsere Vereinbarung überdenken lassen."

„Ah."

„Genau, ah. Wenn … wenn –"

„Meine Liebe, die Situation von Miss Drew und deine haben nichts gemein. Wenn das Undenkbare geschieht, würde ich dich einfach entführen und auf ein Pferd fesseln, bis wir Schottland erreicht haben."

Olivia blieb der Mund offen stehen. Er schien sich über diese Aussicht auch noch zu freuen.

„Mr Jenkins! Das würden Sie nicht tun!"

„Das würde ich. Ich habe es bereits in Erwägung gezogen."

Darauf fiel Olivia keine Erwiderung ein.

„Wollen wir tanzen, meine Liebe?“, fragte Nathaniel.

„Ich halte das für keine gute Idee.“

„Oh? Hältst du es denn für eine gute Idee, die Aufmerksamkeit aller wieder auf dich zu lenken, nachdem sie durch Miss Drew so glücklich abgelenkt worden sind? Ich schaudere angesichts der Gerüchte, die in Umlauf geraten könnten, wenn wir nicht zusammen tanzen. Ein Streit vielleicht? Oder missfällt es mir womöglich, den Namen meiner zukünftigen Gattin gedruckt zu sehen? Mir fällt keine bessere Möglichkeit ein, deinen Erfolg zu würdigen, meine Liebe.“

Olivia verengte die Augen. „Sie sind wirklich unglaublich, Mr Jenkins.“

Er verbeugte sich mit funkelnden Augen. Dann schwang er sie auf der Tanzfläche herum und hielt dabei einen respektablen Abstand ein. „Wenn die Blicke deines Schwagers töten könnten, würde ich jetzt umfallen.“

Sie seufzte. „Ich werde mit ihm sprechen. Tut mir leid, Nathaniel.“

„Ich denke nicht, dass ein Gespräch mit ihm die Situation klären wird, Olivia. Ich habe dich ausgenutzt, daher muss ich Wiedergutmachung leisten. Oder möchtest du ihm sagen, du hättest mich ausgenutzt? Er wird dir vermutlich nicht glauben, aber ich danke dir für dein sehr großzügiges Angebot.“

„Du bist heute ungewöhnlich grausam.“

„Pardon. Ich bin ungewöhnlich frustriert. Mir wurde gesagt, dass du starrsinnig bist, aber ich habe keinen Esel unter einer so hübschen Haube erwartet.“

Olivia biss die Zähne zusammen. „Und ich habe keinen überheblichen Hammel in Hut und Anzug erwartet.“

Schnell kaschierte er sein schallendes Gelächter mit einem Hustenanfall und schenkte den anderen Paaren ein entschuldigendes Lächeln. Für einen Moment packte er sie fester, bevor er ihr gestattete, wieder einen angemessenen Abstand zwischen sie zu bringen. „Heirate mich", sagte er leise.

„Warum?"

„Weil ich keine andere finden kann, die mich beim Walzertanzen mit Schimpfnamen belegt. Das ist berauschend."

„Du bist sehr seltsam, Nathaniel."

„Dann passen wir perfekt zusammen, findest du nicht?"

Olivia hielt ihre Antwort zurück. Kurz hätte sie ihm fast zugestimmt. „Nathaniel …"

„Wenn du mich belehren willst, muss ich dich warnen, dass das nichts nutzen wird. Ich bin genauso starrsinnig wie du."

„Sogar mehr, würde ich sagen. Ich wollte dich nur an die Kein-Gespräch-über-die-Ehe-Regel erinnern. Du hast zugestimmt, das Thema nicht mehr zu erwähnen."

Er schüttelte den Kopf. „Ich glaube nicht, dass ich das getan habe, meine Liebe."

„Doch, hast du. Als wir mit der Durchführung unseres Han…"

„Wenn du unsere Beziehung jetzt einen Handel nennst, werde ich dich zu Boden fallen lassen."

„Als wir unsere Beziehung begonnen haben, hast du zugestimmt, meine Regeln zu befolgen."

„Das glaube ich nicht. Ich habe zugestimmt, mir deine Regeln anzuhören und es dir zu sagen, wenn sie dummes Geschwätz sind. Die Keine-Ehe-Regel ist dummes Geschwätz, und ich werde mich nicht daran halten."

Olivia blitzte ihn entnervt an. „Wenn wir nicht tanzen würden, würde ich dir mein Retikül über den Schädel ziehen."

„Dann ist es ja gut, dass wir tanzen. Hast du den nächsten Tanz auch noch frei, meine Liebe?"

Ein leises Grollen tönte aus ihrer Kehle, und Nathaniel lächelte. „Wenn ich auch nur einen Hauch Mitgefühl hätte, würde ich dich in Ruhe lassen. Doch leider ist dem nicht so."

„Du reizt mich mit voller Absicht."

„Ja. Das versüßt mir den Abend. Und es verwirrt deinen Schwager. Er weiß nicht, wen er wütend anstarren soll: dich oder mich."

Olivia hatte gedacht, Frauen wären die hinterhältigen Taktierer, die ausschließlich an eine Hochzeit denken konnten. Nathaniel und Rufus würden der hartnäckigsten Mutter Konkurrenz machen.

Nathaniel wirbelte sie über die Tanzfläche, hielt sie zwischen den Tänzen fest und ignorierte ihren symbolischen Protest. Niemand würde mehr von zwei Tänzen in Folge überrascht sein.

„Ich vermute, dass du für heute Abend keine Abenteuer mehr geplant hast, meine Liebe?"

Sie blickte finster drein. „Du vermutest korrekt. Auch wenn es ziemlich aufregend war, so hat mir der Ausgang des letzten Abenteuers nicht gefallen. Ich möchte Rufus nicht noch einmal so über den Weg laufen. Das nächste Mal würde er bestimmt einen Pfarrer mitschleppen." Sie blickte ihn aus den Augenwinkeln an. „Hast du ein Abenteuer geplant?"

„Vielleicht. Wenn ich die Stärke finden kann, der Kälte, der Härte, der Unnachgiebigkeit zu trotzen."

Olivia schüttelte den Kopf und blickte flehend zur Decke. „Stärke wird gar nicht vonnöten sein, schließlich studiere ich nicht jede Nacht die Sterne. Vielleicht wirst du sehen, dass da gar niemand ist, um die Kälte und Härte mit dir zu teilen."

„Ein Schicksal, das ich zweifellos verdienen würde."

„Allerdings", sagte sie und er lachte.

Nathaniel brachte sie zurück zu Mary. Olivia warf ihrer Schwester einen warnenden Blick zu. Sie hielt es nicht für ausgeschlossen, dass Mary ihn auffordern würde, ihr hier und jetzt einen Antrag zu machen. Und Olivia fürchtete, Nathaniel würde der Aufforderung nur zu gern nachkommen und ihr seine unsterbliche Liebe erklären, sodass alle es hören konnten.

Zum Glück erinnerten sie sich daran, was Anstand bedeutete, obwohl Mary ein teuflisches Funkeln in den Augen hatte, während sie Konversation betrieb. Die Kopfschmerzen, die sich in Nathaniels Gesellschaft verzogen hatten, kamen in voller Stärke zurück und Olivia entschuldigte sich, sobald er gegangen war.

Sie fand einen Stuhl in einer ruhigen Ecke, verborgen hinter einer hohen Topfpflanze, und gestattete sich einen Moment der Entspannung. Kurz fragte sie sich, ob sie über die nötige Kraft verfügte, Nathaniel und ihrer Familie weiterhin zu widerstehen. Sie fand den Widerstand erschöpfender, als sie für möglich gehalten hatte.

Gespräche flossen um sie herum und ließen sich leicht ignorieren, bis sie eine schrille Frauenstimme hörte, die sagte: „Und da entschwindet Mr Jenkins. Er hat seine zwei Tänze mit Miss Blakesley gehabt."

Eine andere Frau lachte gehässig. „Und immer noch keine Verkündung einer Verlobung. Da fragt man sich doch, woher die Verzögerung rührt?“

„Sicher heißt jemand die Verbindung nicht gut, seine Mutter vielleicht? Ihre Familie ist sicher ganz aus dem Häuschen. Wenn ich Miss Blakesley wäre, würde ich auf eine baldige Verlobung drängen, selbst wenn sie dafür eine verärgerte Schwiegermutter in Kauf nehmen muss. Sie kann es sich gar nicht leisten, ihn zum jetzigen Zeitpunkt noch zu verlieren. Wer weiß, wie sie ihn überhaupt eingefangen hat?“

Die Frauen schlenderten davon und Olivia blieb hinter der Pflanze sitzen. Das Gespräch überraschte sie nicht. Sie bedauerte nur, dass Nathaniel und seine Familie unter solchem Tratsch leiden mussten.

Sie seufzte aus vollem Herzen über ihre missliche Lage. Schließlich erhob sie sich, um ihre Familie zu suchen. Sie ertrug es nicht, noch einen Moment länger auf diesem Ball zu bleiben.

Trotz Olivias Drohungen fand Nathaniel sie genau dort, wo er sie vermutete. Immerhin war es eine klare Nacht.

Sie saß auf ihrem Stuhl, ihr Skizzenbuch lag zu ihren Füßen. Ihr Blick schweifte kurz zu ihm, dann wieder hinauf zu den Sternen. Er machte es sich zu ihren Füßen bequem, betrachtete mit ihr zusammen den Nachthimmel, über den ein paar Wolken glitten.

„Verrate mir, warum dein Vater dich nachts aus dem Haus lässt, wann immer du willst.“

„Er hat in der Sache nicht wirklich etwas zu sagen. Als er herausgefunden hat, dass ich mich nachts hinausschleiche, hat er mir Hausarrest gegeben und mir mein Teleskop weggenommen. Also habe ich die

Hausschlüssel gestohlen und alle in ihren Schlafzimmern eingeschlossen und bin hinausgegangen, um zu malen."

„Erinnere mich daran, dir nichts zu verbieten." Er blickte auf ihr Skizzenbuch. „Darf ich?"

Olivia nickte, versuchte ihre Kunst mit anderen Augen zu betrachten. Versuchte zu sehen, was die Welt sah. Einen hoffnungslosen Schmierfinken? Oder eine leidenschaftliche Künstlerin?

Er blätterte durch die Seiten, dann schaute er zu ihr auf. „Verrate mir, warum du die Sterne so intensiv studierst."

Olivia deutete auf eine Gruppe von Sternen und fuhr die Formation mit den Fingern nach. „Das ist der Große Bär, Ursa Major. Er kehrt immer zu der gleichen Stelle am Nachthimmel zurück, ist aber stets in Bewegung. Vorhersagbar, aber nicht ruhend."

Nathaniel beobachtete sie. „Olivia, ich habe dir den wichtigsten Grund verschwiegen, aus dem ich dich heiraten will."

Sie blickte ihn an.

„Ich liebe dich. Nun, da ich dich gefunden habe, kann ich nicht mehr ohne dich leben."

Ihr in Mondlicht getauchtes Gesicht wirkte so traurig. „Ich könnte niemals einen anderen als dich heiraten, Nathaniel. Doch ich habe Angst."

„Ich hätte nie gedacht, dass du dich vor irgendetwas fürchtest. Du sitzt nachts allein draußen und machst unbekannten Männern Anträge."

Sie lächelte leicht. „Du warst nie ein Unbekannter. Ich habe dich auf den ersten Blick gekannt."

„Wovor hast du dann Angst? Du kennst mich." Er deutete auf die Sterne und grinste. „Ich bin stets derselbe und vorhersagbar, aber niemals ruhend." Er ging auf die

Knie, küsste sie sanft. „Ich liebe dich, Olivia. Sei mein strahlendes Licht in der Dunkelheit.“

Sie nahm seine Hand, zwang sich, nicht zu weinen. „Nathaniel. Du hast so viel Geduld gezeigt, hast darauf gewartet, dass ich merke, wie sehr du mich liebst, wie sehr ich dich liebe. Und ich liebe dich.“

Er küsste sie, und seine Augen leuchteten.

„Aber ich werde meine Meinung nicht ändern. Da spielt es keine Rolle, welchen Rat mir meine Familie gibt oder wie aufrichtig und guten Herzens du bist oder welche Versprechen du mir machst. Ich bin nicht für die Ehe gemacht. Ich kann dich nicht heiraten. Und es ist grausam von mir gewesen, dich hinzuhalten. Deine Schwester hat gesagt, dass du eine Familie verdienst. Eine Ehefrau, Kinder und ein glückliches Heim. Das stimmt. Du verdienst das Glück mehr als alle, die ich kenne.“

Nathaniel starrte sie mit versteinertem Gesicht an. „Du willst also so weitermachen? Herumschleichen, harte Böden, Geflüster hinter dem Fächer. Gefällt dir das?“

Olivia erhob sich, das Skizzenbuch an ihre Brust gedrückt. „Nein. Du hast mir Leidenschaft gezeigt und Lust und Liebe. Alles, was ich lernen wollte. Das war nie für die Ewigkeit gedacht. Ich denke, unser Handel ist abgeschlossen.“

Er zuckte zusammen, seine Miene verhärtete sich und er blickte über ihre Schulter hinweg.

Olivia hielt ihre Tränen zurück. Sie konnte ihn nicht heiraten, aber sie konnte auch nicht so weitermachen wie bisher. Das einzig Anständige war, ihn gehen zu lassen, ihn sein Leben ohne sie leben zu lassen. „Ich hoffe, du findest eine …“

„Wenn das dein letztes Wort in der Angelegenheit ist,

dann überlasse ich dich deinen Sternen. Leben Sie wohl, Miss Blakesley." Die Hände zu Fäusten geballt, strebte er von ihr fort. Sein Blick traf ihren, während er die Leiter hinunterstieg, und sie sah, was sie immer gefürchtet hatte. Hass. Verachtung. Und Schmerz.

„Leb wohl, Nathaniel", flüsterte sie. „Ich hoffe, du findest eine Bessere als mich."

Fünfzehn

Traurig betrachtete Olivia das vorüberziehende London. Ihre letzte Saison, ihr letzter Aufenthalt in London, die letzten Bälle und Gerüchte und das letzte Mal diese dreckige Luft. Sie würde nicht zurückkommen, und für einen Moment verspürte sie Sehnsucht. Dieses Jahr war anders gewesen. Nathaniel hatte alles verändert. Dieses Mal war sie nicht das Ziel mitleidiger Blicke und sorgenvoller Vergleiche gewesen. Von ihm war sie nicht ausgelacht worden. Sie, Olivia Blakesley, die außergewöhnliche Jungfer, war normal gewesen.

Abgesehen von dem Artikel. Das war nicht normal gewesen. Doch Nathaniels Gelassenheit dem gegenüber hatte dem Skandal nur eine kurze Lebensspanne vergönnt.

Olivias Ruf würde jetzt noch anrüchiger sein. In den Augen der Gesellschaft hatte sie Nathaniel entweder verloren oder sein Werben abgewiesen. Sie würde jedoch darauf wetten, dass niemand auf den Gedanken käme, sie hätte seinen Antrag abgelehnt. Welche vernünftige Frau würde so etwas auch tun? Welche vernünftige alte Jungfer täte das?

Sie seufzte und ließ den Vorhang fallen, ehe sie sich wieder auf ihrem Platz zurücklehnte. Zum Glück musste sie nie wieder das Geflüster und die Gerüchte hören. Sie würde auf den ruhigen Landsitz ihrer Eltern zurückkehren und malen. Sie würde ihr Leben leben, so wie sie es geplant hatte, ohne Ablenkungen, ohne Überraschungen.

Ohne Nathaniel.

Sie hatte das Richtige getan. Gleichgültig, wie sehr es schmerzte, ihn gehen zu lassen, er verdiente Besseres. In ein paar Monaten, wenn sie all diese Zeit fern voneinander verbracht hatten, würden sie beide merken, dass ihre Zuneigung zueinander von vergänglicher Natur gewesen war.

Sie würde sich ihr Leben lang daran erinnern, wie es war, zu lieben und geliebt zu werden. Das war alles, worum sie gebeten hatte. Ein Moment. Kein ganzes Leben.

Das war ihr genug. Und sie würde sich das immer wieder sagen, bis sie selbst daran glaubte.

Ihr Vater räusperte sich leise. Er hatte ihr bisher schweigend und lesend in dem kleinen Kutschenabteil gegenübergesessen. „Ich habe gehört, dass Mr Jenkins um deine Hand angehalten hat. Und du hast ihn abgewiesen."

Olivia blickte zu ihm. „Ja. Ich habe nicht gewusst, ob du davon weißt. Du hast nichts gesagt."

„Ich habe es gewusst. Deine Mutter war sehr mitgenommen."

Sie lächelte leicht. „Ja, ich habe sie gehört. Ganz London hat sie gehört. Aber Papa, es wird alles gut werden.

Ich habe alles geplant und niemand muss sich sorgen. Das Leben einer alten Jungfer passt gut zu mir. Ich werde viel Zeit für meine Studien haben. Und ich kann das Anwesen ebenso gut führen wie du. Marcus wird mich dort bleiben lassen, wenn Mama und du einmal von uns gegangen seid.“ Sie berührte seinen Arm, entschuldigte sich wortlos für das traurige Thema.

„Ich zweifele nicht daran, dass du das Anwesen besser führen wirst als ich“, sagte er. „Darum mache ich mir keine Sorgen.“ Er blickte aus dem Fenster. „Die größten Freuden, die ich im Leben erfahren durfte, habe ich zu Hause erlebt. Mit meiner Ehefrau und meinen Kindern um mich herum.“ Er seufzte. „Als ihr Kinder noch klein wart, da war das Haus voller Lärm und Leben. Aufgeschlagene Knie mussten geküsst werden, Tränen getrocknet und Puppen bewundert. Wenn ich auf mein Leben zurückblicke, merke ich, dass es diese Erinnerungen sind, auf die ich mich immer wieder besinne. Ich würde nicht wollen, dass du das versäumst, Olivia. Du bist von allen meinen Kindern diejenige, die studiert, beobachtet und zuhört. Du hast tiefe Einsichten in das menschliche Wesen.“

„Mir gefällt es, dem Leben einen Sinn abzuringen, Papa.“

Er lächelte und tätschelte ihr die Hand. „Ja. Aber manchmal befürchte ich, du ziehst das Beobachten dem Tun vor. Eine Studentin der Winde und Wellen würde nicht zögern, auf ein Boot zu springen oder im Ozean herumzutollen, um die Meereswelt noch genauer zu studieren. Ich möchte nicht, dass du diese Gelegenheit verschenkst, das Leben in all seiner Tiefe zu erforschen. Ein Ehemann und Kinder würden die Erfahrung nicht schmälern, sondern sie bereichern.“

Ohne etwas wahrzunehmen, starrte Olivia aus dem Fenster. „Aber was, wenn ich mich fürchte?"

„Fürchtest du dich vor Mr Jenkins?"

„Ich fürchte mich vor mir selbst. Ich frage mich, ob ich mich selbst vergessen und versuchen würde, ihm eine perfekte Ehefrau zu sein."

Mr Blakesley lachte. „Du hast nie versucht, in irgendetwas perfekt zu sein, Olivia. Keine perfekte Tochter, keine perfekte Schwester, keine perfekte Tante. Du bist immer deinen eigenen Weg gegangen. Ich bezweifle, dass du jetzt damit aufhören würdest. Und ich bezweifle, dass Mr Jenkins das wollen würde, da du die Frau bist, die er heiraten möchte."

„Er wäre vermutlich sehr entsetzt, wenn ich mich plötzlich in einem mit Rüschen besetzten, orangefarbenen Ballkleid blicken ließe."

„Er würde bestimmt die echte Olivia zurückverlangen."

„Was, wenn er mir nicht erlaubt, nachts die Sterne zu beobachten?"

Mr Blakesleys Augen glitzerten. „Ich wage zu behaupten, dann würdest du das tun, was du auch getan hast, als ich es dir verboten habe: die Schlüssel stehlen, alle in ihren Schlafzimmern einsperren und deine Studien in Ruhe fortsetzen."

Olivia lächelte. „Ich weiß nicht, warum du mir nicht den Hintern versohlt hast."

Mr Blakesley lachte leise. „Das hätte auch nicht geholfen."

Sie blickte zu ihrem Vater und sagte ruhig: „Woher weiß ich, dass es ein glückliches Ende nimmt?"

„Du musst nur daran glauben. Und bereit sein, etwas dafür zu tun."

Die Kutschfahrt war lang und unbequem, aber endlich kamen sie an. Vier Jungen rannten zu ihrer Begrüßung herbei, rufend und lachend. Marcus half ihr von der Kutsche hinunter und ihre Rückseite protestierte bei jedem Schritt.

„Ah, Olivia. Bist du gekommen, um die Freude und den Stolz meiner Frau zu sehen?"

Sie lächelte. „Natürlich, das weißt du doch. Man hat den Schrei bestimmt bis nach Schottland gehört. Ein Mädchen, ein Mädchen! Prudence hat ihr Mädchen bekommen!"

Marcus lachte. „Wenn du irgendetwas von ihr willst, dann musst du sie jetzt darum bitten. Sie hat den Jungs schon gesagt, sie können alles haben, was sie wollen, als ein Geschenk ihrer Schwester."

„Dann droht sie nicht mehr damit, dass ihr Papa bei den Pferden schlafen muss?"

„Ich glaube, ich darf mich in Sicherheit wähnen. Für den Moment."

Olivia entdeckte ihre Mutter hinter ihm. Sie war schon früher hergefahren, um Prudence in den letzten Wochen ihrer Schwangerschaft beizustehen, und Olivia freute sich nicht darauf, die Moralpredigt ihrer Mutter anzuhören, weil sie Mr Jenkins abgewiesen hatte.

Aber ihre Mutter blickte sie kaum an, sagte kein Wort und ging geradewegs zu ihrem Vater, wirbelte um ihn herum und sagte ihm, wie glücklich sie war, dass er die Fahrt sicher überstanden hatte.

Olivia seufzte erleichtert auf und wies einen der Jungen an, sie zu Prudence zu bringen.

Ihre Schwester lag auf dem Bett, ihre schlafende Tochter im Arm. Prudence strahlte vor Glück, ihre Augen glänzten.

„Glückwunsch, Prue."

„Ist sie nicht wunderschön, Livvy? Der schönste Anblick in der ganzen weiten Welt."

Olivia streichelte lächelnd über die weiche Wange ihrer Nichte. „Es liegt mir fern, einer überglücklichen Mama zu widersprechen."

„Sag mir, dass sie schön ist, Olivia, oder ich lasse dich sie nicht halten."

„Sie ist das Kostbarste, was ich je gesehen habe."

Prudence lockerte schmunzelnd ihren Griff, als Olivia das Baby nahm.

Olivia blickte auf ihre Nichte. „Habt ihr schon einen Namen für sie?"

„Nein. Ich wollte nicht darüber nachdenken, als ich noch guter Hoffnung war, und jetzt fällt mir kein einziger ein. Bislang nenne ich sie meinen kleinen Engel, und die Jungs haben das übernommen." Prudence schaute sie verlegen an. „Was meinst du?"

„Ich denke, wenn ihr sie so nennt, wird sie der Schrecken des Hauses werden. Sie wird ihre Brüder herumkommandieren, von ihrem Papa bekommen, was immer sie will, und von ihrer Mutter abgöttisch geliebt werden."

Prue seufzte glücklich. „Ich weiß. Sie wird das verwöhnteste kleine Mädchen der Welt sein."

Olivia grinste ihre Nichte an. „Das klingt nach keinem schlechten Leben, was meinst du, Angela?"

„Mutter wird einen Anfall bekommen. Ich kann sie schon hören. Was für ein Name soll das denn sein?"

„Ich an deiner Stelle würde sie damit bei der Taufe überraschen."

Sie saßen gemütlich zusammen und bewunderten das Baby. Olivia streichelte das feine Haar und wunderte sich über die kleinen Fingernägel. „Mutter spricht nicht mehr mit mir", sagte sie schließlich.

Prudence verdrehte die Augen. „Du Glückliche. Bei mir jammert sie den ganzen Tag darüber, dass du ihm einen Korb gegeben hast. Bete darum, dass sie mit deiner Bestrafung so weitermacht."

Olivia lachte auf. „Was glaubst du, wie lange das anhalten wird? Habe ich wenigstens eine Gnadenfrist bis morgen?"

Prudence schüttelte den Kopf. „Wenn sie es bis zum Abendessen aushält, fresse ich einen Besen."

Sie lachten, bis eine Träne über Olivias Wange rollte.

„Das ist es, was ich will, Prue", flüsterte sie. „Ich habe gedacht, ich hätte alles, was ich will, aber jetzt ... fühle ich mich so leer. Ich fühle mich, als wäre da ein großes Loch in meinem Leben, in meinem Herzen."

„Hol ihn dir wieder."

„Unmöglich." Sie schüttelte den Kopf. „Du weißt ja nicht, was ich gesagt, was ich getan habe."

„Nein, und ich möchte es auch gar nicht wissen, da es vermutlich unverzeihlich ist. Du musst wirklich lernen, dein Temperament zu zügeln."

„Oh, und das ausgerechnet von dir."

„Allerdings habe ich gelernt, mich zu entschuldigen. Zeig ein wenig Reue." Prudence lachte. „Küsse besänftigen in der Regel einen verärgerten Mann."

„Wie hast du es geschafft, so lange verheiratet zu bleiben?", fragte Olivia. „Warum hat dich Marcus noch nicht umgebracht?“

Prudence zuckte unbesorgt mit den Schultern. „Er liebt mich und ich liebe ihn. Das ist wirklich nicht so schwierig, Livvy. Darf ich mein Baby zurückhaben, damit du losziehen und dir deinen Mann holen kannst?“

Olivia küsste Angela auf den Kopf und gab sie Prue zurück.

„Denk nicht so viel nach, Olivia. Geh einfach zu ihm.“

Sechzehn

Nach einer weiteren stundenlangen Fahrt kam Olivia wieder in London an, stellte ihr Gepäck bei Mary ab und lieh sich Rufus' Zweispänner aus, ohne sich groß mit einer Begrüßung aufzuhalten. Im Galopp fuhr sie zu Nathaniels Haus und erreichte es ebenso atem- wie hutlos. Sie sprang von der Kutsche und drückte mehrmals auf die Klingel. Der Butler mit den glänzenden schwarzen Stiefeln öffnete die Tür und grüßte sie kurz angebunden. „Madam!"

„Könnten Sie bitte Mr Jenkins mitteilen, dass Miss Olivia Blakesley ihn sprechen möchte? Es handelt sich gewissermaßen um einen Notfall."

„Er ist nicht zu Hause, Miss Blakesley."

„Wirklich nicht, oder hat er Ihnen nur aufgetragen, mir das auszurichten? Ich weiß, er ist wütend auf mich, aber ich muss unbedingt mit ihm sprechen. Ich muss ihm dringend sagen, was für eine Idiotin ich bin."

Der Butler starrte sie ausdruckslos an. Er blickte sich um, dann lehnte er sich verschwörerisch zu ihr. „Er ist im

Park."

„Oh, ich danke Ihnen! Ich könnte Sie küssen!"

Er wich entsetzt zurück.

„Aber das werde ich natürlich nicht tun. Guten Tag!"

Sie stieg wieder auf den Zweispänner und trieb die Pferde an.

Die Köchin spähte hinter dem Butler hervor und stieß ihn an. „Sie hätten ihr sagen sollen, dass er mit Miss Mayes spazieren geht. Das wird ein Schock."

„Ich hege keinerlei Zweifel, dass Miss Blakesley es mit Miss Mayes aufnehmen kann, selbst wenn man ihr eine Hand auf den Rücken fesselt."

„Ooh, wollen Sie darauf wetten, Sir?"

Er sah sie überrascht an. „Setzen Sie auf Miss Mayes?"

„Natürlich nicht. Nur darum, wie lange Miss Blakesley braucht, um Miss Mayes loszuwerden."

„Mmm."

„Nathaniel!"

Überrascht, zu hören, wie sein Name quer durch den Park gerufen wurde, drehte er sich um und starrte fassungslos auf Olivia, die in einem Zweispänner herangeprescht kam.

Miss Mayes beäugte das neumodische Gefährt. „Wer ist … Ist das Miss Blakesley? Was macht sie da nur?"

Nathaniel schloss eilig den Mund und zupfte an seiner Weste. „Es scheint, als wollte sie die Fußgänger überfahren."

Miss Mayes hakte sich bei Nathaniel unter und lachte leise. „Es scheint ganz so. Holla, Miss Blakesley, wo brennt es denn?"

Olivia sprang vom Fahrersitz und hielt inne, als sie Miss Mayes entdeckte. „Tragen Sie immer noch diese fürchterliche Feder im Haar? Wirklich, Nathaniel, hättest du dir nicht wenigstens eine Frau aussuchen können, die nicht wie ein gerupftes Hühnchen aussieht?“

Miss Mayes kreischte: „Das ist die neueste Mode! Und wenigstens hat er eine ausgesucht, die weiß, was Mode ist!“

„Er weiß nicht einmal selbst, was Mode ist! Es kümmert ihn auch nicht! Er mag weder die Oper noch Bälle oder das Tanzen. Das alles hat er nur für mich getan. Und ganz bestimmt mag er keine kleinen, dummen Mädchen, die glauben, alles im Leben dreht sich um Feste und Kleider!“

„Oh, Sie glauben also, er hätte lieber eine, der nichts anderes als die Sterne wichtig ist? Die in Zeitschriften veröffentlicht? Mr Jenkins ist ein Gentleman, er würde niemals so eine ordinäre Ehefrau haben wollen.“

Nathaniel beobachtete fasziniert, wie die beiden Frauen fast aufeinander losgingen. Entschlossen hielt er Miss Mayes von Olivia fern. „Olivia! Was ist in dich gefahren?“

„Du! Schau nur, was du aus mir gemacht hast! Ich war die Ruhe selbst, bevor ich dich kennengelernt habe. Zufrieden. Jetzt brülle ich wie ein Fischweib Miss Mayes an, die vielleicht nie meine beste Freundin war, die ich aber auch nie gehasst habe. Nathaniel, was machst du hier mit ihr?“

„Ich versuche, mein Leben zu leben, Olivia.“

Ihre Miene versteinerte. „Aber du hast gesagt, du liebst mich. Ich bin dein Leben. Und ich bin dumm gewesen und habe das weggeworfen, als wäre es nichts. Als wäre es nicht das Romantischste und Schönste, was je jemand zu mir gesagt hat. Als hättest du es nicht ernst gemeint, obwohl ich wusste, dass du es genau so meinst. Obwohl ich wusste, dass du der beste Mann bist, den ich je getroffen habe. Der einzige Mann, den ich je lieben könnte."

Hektisch suchte sie nach ihrem Taschentuch. Nathaniel reichte ihr seines und sie vergrub weinend ihr Gesicht darin.

Nathaniel beobachtete sie, ihm wurde ganz warm ums Herz bei dem absurden Anblick der schluchzenden und aus der Fassung gebrachten Olivia.

„Olivia …"

„Ich bin eine Idiotin!", stieß sie hervor. „Ich verdiene dich nicht. Aber ich will dich! Ich will dich heiraten und mit dir leben und neben dir aufwachen, auch wenn dein Bein meines zerquetscht …"

Miss Mayes keuchte auf.

„Und ich will darüber streiten, wer die Zeitung zuerst lesen darf, und dich im Schlafzimmer einsperren, damit ich draußen malen kann, und ich will schreiende kleine Babys haben, die aussehen wie du – außer die Mädchen, bei ihnen würde ich es vorziehen, wenn sie nach mir kämen. Bitte, Nathaniel. Ich werde dir eine perfekte Ehefrau sein, bitte."

„Das wirst du wohl sein, denke ich."

Beide Frauen schauten ihn an und sagten gleichzeitig: „Was?"

„Ich denke, du bist absolut die perfekte Frau für mich, Olivia."

Miss Mayes blickte zwischen ihnen beiden hin und her. Olivia mit ihrem hässlichen braunen Kleid, mit Knöpfen bis zum Hals, die Haare unordentlich und ohne Hut. Nathaniel, der sie mit offensichtlicher Bewunderung ansah.

„Ich denke, Sie gehören beide ins Irrenhaus", zischte

sie.

Nathaniel löste sich von ihr. „Es tut mir leid, Miss Mayes.“

Sie blickte wieder zwischen ihnen hin und her. „Nein, ich denke, so ist es vermutlich am besten.“ Sie rief nach ihrer Zofe, die sich von all der Aufregung ferngehalten hatte, und spazierte davon – glücklich über all den erregenden Klatsch, den sie nun zu verbreiten hatte.

Olivia kam näher und sah ihm in die Augen. „Willst du mich wirklich immer noch heiraten?“

„So wahr mir Gott helfe, ich will.“

Ihr Blick verfinsterte sich. „Hast du sie geküsst?“

„Natürlich nicht. Sie ist eine anständige junge Dame.“

Olivia lächelte zögerlich – Hoffnung vertrieb die Panik, Glück erwärmte die Kälte. „Ich bin keine anständige junge Dame.“

Nathaniel bot ihr einen Arm an. „Glaub mir, Olivia, das ist mir aufgefallen. Möchtest du gern im Pavillon vorbeischauen, bevor wir gehen?“

Lachend hakte sie sich bei ihm unter. „Das würde ich sehr gern.“

Epilog

Nathaniel stieg die geschwungene Holztreppe hinauf und sprach seiner weinenden Tochter gut zu. „Wir finden deine Mami, Kleine. Ich wette zehn zu eins, dass sie da oben ist und ihre geliebten Sterne zeichnet."

Er öffnete die Tür, und das Baby verriet ihn. Olivia drehte sich zu ihnen um, ihr Gesicht strahlte vor Begeisterung. „Nathaniel, sieh nur! Ein Sternschnuppen-Schauer. Sieh nur, Eloise!"

Nathaniel reichte Olivia das Baby und beobachtete, wie Eloise aufhörte zu weinen und voller Faszination zu den Sternen schaute. „Undankbares Kind. Ich bin derjenige, der diesen Turm gebaut hat."

Olivia lachte. „Sie wird dir danken, wenn sie älter ist." Sie streckte sich und küsste ihn leidenschaftlich. „Ich danke dir jetzt schon."

„Du kannst mir heute Nacht danken."

„Nathaniel!"

Er legte die Arme um sie und blickte in den abendlichen

Sternenhimmel. „Es tut mir leid, dass der Turm erst nach Eloises Geburt fertig geworden ist, Livvy.“ Er drückte sie an sich. „Ich war es ziemlich müde, da draußen auf dem Stuhl zu schlafen.“

Olivia lächelte. „Mit meinem großen Bauch wäre ich die Stufen sowieso nicht hinaufgekommen.“

Zusammen sahen sie weiter zu, bis der Sternschnuppen-Schauer verglühte und Eloise wieder zu weinen begann. Olivia und Nathaniel blickten einander an und teilten einen Moment völliger Übereinstimmung.

Über das Jammern ihrer Tochter hinweg sagte sie laut: „Danke, dass Sie mich den Akt der Verführung gelehrt haben, Mr Jenkins. Und die Kunst der Liebe.“

Nathaniel küsste sie zärtlich und antwortete ebenso laut: „Es war mir ein Vergnügen, Mrs Jenkins. Ein großes Vergnügen.“

* * *

The *Reluctant Bride* Collection

Printed in Poland
by Amazon Fulfillment
Poland Sp. z o.o., Wrocław

36534474R00096